継母の心得2

登場人物紹介
Character
◆イザベル
マンガ「氷雪の英雄と聖光の宝玉」に出てくる悪辣継母キャラとして転生してしまった元日本人。継子のあまりの可愛さに、彼が楽しく暮らせるよう前世の知識を大盤振る舞い中。
◆ノア
ディバイン公爵家の跡継ぎ。マンガでは虐待を受けていたが、この世界ではイザベルの愛を一身に受けて健やかに成長している。
◆テオバルド
ディバイン公爵家の当主。極度の女嫌いだが、イザベルに対してはなにやら違うようで……

◆タイラー子爵
皇宮に出入りしている人物。マンガの中では、悪魔として登場していたが…？
◆オリヴィア
皇帝の側妃。
◆イーニアス
グランニッシュ帝国第二皇子。マンガ「氷雪の英雄と聖光の宝玉」では悪役だったが、この世界ではノアと仲良し。
◆マルグレーテ
グランニッシュ帝国の皇后で、イーニアスの実母。テオバルドの熱狂的ファン。
◆皇帝
グランニッシュ帝国の皇帝。

目次

継母の心得2

プロローグ

夜明け前、部屋にある暖炉のパチパチという小さな音で目が覚める。

少し前までは寒さに震えながら布団にくるまり、侍女のサリーが来るのを待つのが冬の朝の常だったが、嫁ぎ先のディバイン公爵家ではその必要もない。

私――イザベル・ドーラ・ディバインの布団の中には温かな湯たんぽが入れられ、シーツは毛足が長いふかふかのもの。上から軽くて温かな毛布とかけ布団がかけられ、目覚める前に暖炉に火を入れてくれる侍女がいる。

貧乏で薪《まき》すらも節約していた実家から、何故こんなお金持ちの公爵家に嫁いでこられたのか、未だに不思議ではあるが、衣食住に困らない生活と、なにより、天使のように可愛い義息・ノアを与えてくれた旦那様には、心から感謝したい。

「まさか自分が、前世で読んでいたマンガの悪役継母に転生するとは思わなかったなぁ」

天井を見ながら呟き、ゆったりした動作で身体を起こす。起きるにはまだだいぶ早い時間だ。

起き上がったもののベッドから出る気にはなれず、布団をかぶったままボーッと部屋を眺める。

そういえば、最近一緒に食事を取るようになった旦那様は、魔法契約をするまで、私を避けに避けていたっけ。月日はそんなに経っていないのに、随分昔のことのような気がするわ。

ホホッ、わたくしもセレブの一員としてディバイン公爵家に馴染《なじ》んできたのかしら？　――というのは冗談で、いまだに公爵家ではびっくりすることも多い。そうそう、先日の晩餐《ばんさん》では、公爵様からノアのお披露目をするよう促《うなが》されたのよね。そのことを考えると気が重いわ。

「手始めに我が一門でノアと年の近い子供がいる者を招き、交流を図るといい。招待する者は私が選別しよう。イザベル、君もディバイン公爵夫人として家臣たちの奥方と交流する良い機会だ。主催者として交流会を取り仕切るように」

なんて、そんなこと急に言われても、はい喜んで！　とか返せるわけがないでしょう!?　こちとら居酒屋の店員じゃないんですからね！

「使用人とサロンは好きに使うといい。予算の上限も設定しない。わからないことはウォルトに聞くように」

って、言いたいことを言えてスッキリしたみたいなお顔でお食事を続けていたけれど、なにからなにまで寝耳に水ですわよ！

――などと当然言えるわけもない。状況が理解できていないのか、きょとんとしていた愛息子に癒やされたものの……交流会のことを考えると、胃がキリキリしてくる今日この頃だ。

しかも翌日早々に、こういった交流会の大まかな流れや、平均的な予算などの詳しい説明をされ、資料まで貰ってしまった。交流会を催《もよお》さなければいけないということが現実味を帯びてきたせいで、余計現実逃避したくなり、今朝まで目をそらしていたわけである。

「はぁ……、夏休みの宿題を後回しにしてきた子供の気分だわ」

とはいえ、このまま目をそらし続けるわけにもいかないわよね。

目が覚めてしまったので、侍女が来るまで交流会について考えようと明かりを灯し、ベッドサイドテーブルの上に置いておいた資料を手に取る。

公爵様は確か、四歳から十歳までの子供を持つディバイン家の縁戚にあたる貴族たちを招待する予定だと言っていた。

ならば、おそらく十家族前後だろう。

「そうすると、子供たちを合わせても、三十人いかないくらいかしら」

交流会はお茶会と似たような流れだが、今回はあくまで子供たちがメインだ。

であれば、お茶とお菓子を出して喋《しゃべ》って終わり、ではあまりにつまらないだろう。

それに、ノアにお友達ができるいい機会なのだから、最高に楽しい交流会にしたいわ。

資料に目を通しながら考え込んでいたらいつの間にか時間が経っていたようで、私付きの侍女であるミランダがやってきたため、一旦作業を中止した。


ノアとの楽しい朝食を終えたあと、交流会の会場となる公爵邸のサロンを見渡した。ふとピアノが目に入り、小さく息を吐く。

こんなパーティー会場みたいな大きなサロンでも、公爵様がくださったピアノの存在感はすごいわね……

「ピアノねぇ……あっ、そうだわ！　前々からやってみたかったこと、この際だから挑戦してみようかしら！」

ちょうど絵本のラインナップも充実してきたし、と思いながら、専属侍女のミランダを呼ぶ。

「いかがなさいましたか、奥様」

すぐさまやってきたミランダに、「会いたい方たちがいるから、手紙を届けてほしいのだけど」とお願いする。

どうかいい返事が貰えますように。


さて、開催日は私が決めてもいいということだったけれど……、先程思いついたことをやるなら、準備のために三ヶ月は欲しいのよね。

それに今は冬だ。遠方からやってくる方もいるだろうから、馬車での移動を考えると冬が明けてからの方が望ましいだろう。

「となると、春の交流会ね！」

ノアもひと月後には四歳になるし、ちょうどいいかもしれないわ。

「って、そうよ！　交流会の前に一番のビッグイベント、ノアの誕生日があるじゃない!!」

そう思ったら、あっという間に頭の中がノアの誕生日で占められた。

「プレゼントはなにがいいかしら」

渡したいものがたくさんありすぎて、一つに決められないわ。

……きっと、三歳の誕生日は祝ってもらえなかったはずだ。だから四歳の誕生日は、これでもかってくらいお祝いしなくてはね！

あの子が、幸せな気持ちで春を迎えられるように。

「今からノアの喜ぶ顔を見るのが楽しみですわ！」

その後は春の交流会を……あら、そういえば公爵様と結婚式を挙げたのも春だったっけ。

「一年ってあっという間よね……」

ここに嫁いでからの出来事を思い出し、遠い目になる。

色々あったわ……。前世を思い出したり、新素材を発見しておもちゃを作ったり。お店まで出してしまったものね。よくよく考えると、この一年、波瀾万丈《はらんばんじょう》すぎないかしら。

けれど、その中でも、やっぱりノアに出会えたことが私の一番の幸運だろう。初めて出会った時のことを思い出し、なんだか感慨深くなる。

出会った当初は全く話せなかったノアが、今ではあんなに話すようになって……

「背も、ほんの少し伸びたかしら。ほっぺだって、初めて会った頃よりふくふくしているわ」

お友達もできたのよね。皇子様だけど。

「いやだ。子供の成長ってあっという間なのね」

もっと大きくなったら、公爵邸のお庭だけでは物足りなくなりそう。そう思うと、もっと子供がのびのび遊べる場所が必要だわ。そう、たとえば公園のような場所が……

サロンで一人、とりとめもなく考えている時だった。

「ののびのぉ……ぎゅーっ」

足元にノアが突進してきたのだ！

「きゃーっ、ノア様、そのように淑女に突然抱きついてはなりませんっ」

え、なに今の？　今、ノアったら、「ののびの、ぎゅーっ」って言わなかった!?

「おかぁさまも、ノアにぎゅーっ、よ？」

こちらを見上げてそんなことを言う可愛い息子に、頭の中で天使が鐘を鳴らしラッパを吹いた。

「っ、お母様の攻撃は、ののびのぎゅーっ、じゃなくて、パクパクの～、ムギュウッ、よ!!　ぱくぱく食べちゃうぞ～」

「きゃーっ」

あまりの可愛さに、思いっきり抱きしめると、ノアはきゃっきゃと喜んだ。

ノアの専属侍女であるカミラが横で呆れていたが、ウチの教育はこれでいいのよ。だって、ノアがこんなにも幸せそうに笑っているのですもの。


とまぁ、こんな調子で忙しくもほのぼのとした日常を送っていたのだが、交流会に向けてノアに新たに行儀作法の教師がついてしまった。どうやら、公爵様が指示をしたらしい。

やっと親の自覚が出てきたのかしら。

私も主催者として忙しく動き回っていたので、ノアと遊ぶ時間が少し減ってしまったのが、本当に残念でならない。

――そうして冬を越し、四歳になったノアと、新米継母兼公爵夫人の私は、ついに春の交流会を迎えたのだった。

第一章　春の交流会

ディバイン公爵邸の敷地に馬車が入り、エントランスで停まる。続いて盛装した母子が緊張した面持ちで馬車から降りてきた。

「ようこそお越しくださいましたわ。エジャートン伯爵夫人、イライジャ様」

そこへすかさず挨拶をする。この流れ、もう何度目だろうか。

「ディバイン公爵夫人、公子様、お招きいただきましてありがとう存じます」

「おまねき、いただきまして、ありがとうぞんじます」

お母様にそっくりなイライジャ様は五歳。ノアより一つ上の女の子だが、ご挨拶もしっかりできて、将来有望だ。

「まぁっ、ディバイン公爵夫人、素敵な藍色のドレスですわ。公子様も同じお色を纏《まと》っていらっしゃいますのね！　あら、もしかしてそのブルートパーズのネックレスは、ディバイン公爵の瞳のお色ですか？　素敵ですわ〜！」

いいえ、違いますけど。

先程、他のお客様からも同じようなことを言われたが、正直声を大にして言いたい。

——これはノアの瞳の色ですわ！

まぁ、そんなことを言うと公爵様と不仲だと思われかねないので、黙って微笑むだけにしているのだけれど。

エジャートン伯爵夫人とイライジャ様の親子は、使用人に案内されてサロンに向かう。彼女たちが乗ってきた馬車は、公爵邸外に作られた駐車場へと誘導されていった。


そんなことを何度も繰り返し、ようやく最後のお客様をお迎えした私は、その方たちとノアとともにサロンへと移動した。

サロンに集まった人数はなんと、当初の予定を大幅に超えた総勢五十名。

何故そんなに増えたかというと、私が経営する育児グッズ専門店『おもちゃの宝箱』のせいだ。

『おもちゃの宝箱』が、お子様がいらっしゃる貴族たちの間で話題となり、さらに帝都に支店を出したこと、そして『おもちゃの宝箱』で出すカフェメニューが人気になったことによって、私と繋がりを持ちたいと思う貴族の夫人たちがわっと増えたのだ。

交流会の開催を聞きつけたその夫人たちから、招待してほしいというお願いの手紙がディバイン公爵家に殺到したのだとか。

当初は縁戚のみ招待するつもりでいた公爵様だったが、さすがに自身の派閥に属する貴族たちからの要望に、招待者数を増やさざるを得なかったそうだ。

とはいえ、今回の名目は『公子様のお友達を作るための交流会』なので、もちろん子連れの方限定である。

「皆様、本日はお越しいただきありがとう存じます。わたくしの息子も四歳になりました。この場にいらっしゃるご子息、ご令嬢の皆様には、息子のノアと仲良くなっていただけると嬉しいですわ」

規模が大きくなってしまったため、交流会はサロン横の庭も開放しておこなうことになった。

ウチの庭は広いから、開放感もあるし、ちょうどいいわね。いい天気になって良かったわ。

とはいえ、庭が広いがゆえに子供たちが迷子になってしまうと大変だ。使用人を各所に配置しているので、大丈夫だとは思うけれど。

今回の交流会では、女の子でも遊べるよう、庭にハンモックチェアタイプのブランコや、二人乗りの箱型ブランコを置いている。男の子向けとしては、船形のアスレチック滑り台、ジャングルジムなどの遊具を設置しておいた。幼い子用には、柔らかい布でできたボールプールもある。

そんなわけで当然、子供たちは一斉に庭へと集まったのだ。

これならノアも遊べるし、すぐお友達ができそうだわ。

「ディバイン公爵夫人、こちらの椅子、なんというか……面白い形をしておりますのね」

そう話しかけてきた夫人の視線の先には、宙に浮くように吊り下げられている、卵形の椅子があった。

そう。ハンギングチェアである。

子供たちが主役の交流会とはいえ、私にとっては公爵夫人デビューの場でもある。そういうわけで、大人にもリラックスしながら楽しんでもらえるよう、この形の椅子を用意したのだ。もちろん大きめのソファも置いてあるので、好きな方を選んでいただける。

「まぁ、お庭にソファですの⁉　とても……斬新ですわね」

この世界ではガゼボはあっても、屋外用ソファはこれまで存在しなかったようだ。まるでリゾートガーデンのようなそれに、夫人方がざわつく。

「防水仕様の屋外用ソファですのよ」

クッション部分は、なんとかという魔物から取れる、防水性のある糸を紡いで作っているのだとか。

このソファ、座り心地がとてもいいのよね。

納品されてから何度か使用したのだけれど、ノアとここでうたた寝してしまったことは記憶に新しい。

「さぁ、皆様お座りになって」

流行に敏感な彼女たちは、戸惑い半分、ワクワク半分といった顔で思い思いに席に着き、その座り心地に驚いて声を上げる。

「座り心地がいいですわね。なんだか、外の爽やかな風とソファの心地よさで眠ってしまいそうです」

「こちらの『はんぎんぐチェア』という椅子も、包み込まれているようで安心してしまいますわ〜。

それに宙に浮いているよう……」

「ディバイン公爵夫人、こちらの椅子は一体どちらで購入されたものなのでしょうか？」

などと感想や質問が飛び交う。それぞれに答えていると、今度は『おもちゃの宝箱』に併設したカフェで出されているものと同じ軽食が使用人によって運ばれてきた。

「これ、ディバイン公爵夫人が経営されているカフェのメニューですね！」

「私も行きましたのよ！」

「わたくしもよ‼」

さすがに二十人以上のご婦人たちが競うようにお喋《しゃべ》りをすると、とても賑やかだわ。

「わたくし、こちらのやわらかいパンでできたサンドイッチがとても好きですの」

「私もですわ。バゲットのサンドイッチも美味しいのですけれど、どうしても硬くて噛み切れませんのよね。外出先では恥ずかしくて食べられませんの」

「そうそう。その点、こちらのサンドイッチは食べやすくていいですわ～」

あら、子供たちが食べやすいよう食パンのサンドイッチを出したのだけど、女性にも需要があったみたい。

こうして、屋外用ソファやカフェメニューなどの話から始まり、おもちゃや遊具の話題で一時間ほど盛り上がったのだけど……実は今日のメインは、これらではないのだ。

「奥様、準備が整いました」

使用人が会話の邪魔をしないよう、小さな声で伝えてくる。

いよいよね。皆が驚く顔を想像すると、顔がニヤけてしまうわ。

「皆様、そろそろ身体も冷えて参りましたし、サロンへお入りになって。子供たちもですわ」

皆をサロンへと誘導する。庭で遊んでいる子供たちもすっかり仲良くなったようで、頬が緩んだ。

「これから、楽しい催《もよお》しが始まりますわよ」

なに、なに？　と遊具で遊んでいた子供たちがサロンへ大移動を始める。テラスの出入口付近では、喉が渇いているであろう子供たちに、使用人たちが麦茶やジュースが入ったコップを手渡している。

コップはもちろん新素材で作っている。飲み物をこぼして洋服を汚したりしないよう、蓋とストロー付きだ。

「ご令嬢の皆様、こちらにいらして」

女の子だけを呼び、お手洗いに行きたい人がいないかをこっそり聞いて、希望した子は使用人が案内する。もちろん男の子の方も、男性の使用人に聞いてもらっている。女の子は集団で、男の子は一人あるいは二人でと少人数で行くのは、前世も今世も変わらないらしい。

「皆様、お好きな席にお座りください」

サロンにはゆったりしたソファがいくつも置かれ、前方にはカーテンで隠された舞台がある。舞台下の両脇には、楽団が待機していた。

皆はそれぞれ席に着きながら、ワクワクとした瞳を楽団へと向けている。

「有名な演奏家でもお招きしているのかしら」

夫人たちが小さな声で話している。

しばらくして、全ての子供がトイレから戻ってくると、サロンのカーテンが閉められた。

室内はシャンデリアと、間接照明の明かりのみになる。

「皆様、事前にプレゼントした絵本は、読んでいただけましたか？」

私の問いかけに、三十人の子供が「読んだ！」、「楽しかった！」、「大好き！」と答えてくれる。

素直で可愛い子供たちだわ。

「わたくしも読みましたけど、子供の読み物とは思えないほど面白かったですわ」

「ええ、ええっ、実は私もハマってしまって……」

「あら、わたくしもよ！」

などと夫人たちも盛り上がっている。

「絵本の中に出てくる人は、誰が好きかしら？」

皆に問いかけると、子供たちが自分の好きなキャラクターの名前や特徴を次々とあげていく。

キャッキャとはしゃぐその様子に、頬が緩みそうになった。

どうやら私がプレゼントした絵本は、子供たちの心を鷲掴《わしづか》みにしたようだ。

「ノアは、誰が一番好き？」

もちろん私の息子はそこで、主人公の名前を叫ぶ。

はい。私の欲しい言葉、きました！

「それでは皆様、せーので主人公の名前を呼んでみましょうか。そうしたら、出てきてくれるかもしれませんわよ」

「「「「!?」」」」

子供たちと夫人たちは目を輝かせ、一斉に舞台を見た。

「せーの」

私のかけ声に次いで、子供たちが主人公を呼ぶ可愛い声がサロン内に響く。次の瞬間、室内が暗転し……

「誰かがオレたちを呼んでいるぞ～？」

よく通る声が舞台のカーテンの向こうから聞こえてきたのだ。

子供たちはその声に大喜びする。私がうんうん、と頷きかけたその時。

「きゃーーーっ」

「ぃやぁぁぁぁぁ」

などという大人たちの嬉しそうな悲鳴が響いた。驚きのあまり心臓が止まりかける。

「おーいっ、皆ぁ！　こっちだ、こっち!!」

後ろから聞こえてきた声に、皆がハッとして振り返る。

すると、後ろのある場所にスポットライトが当たり、絵本のキャラクターが現れた。

顔といい、衣装といい、絵本そっくりになっている俳優さんを見て、子供たちが歓声を上げる。

一方、先程悲鳴のような声をあげていた夫人たちは、拍手で迎えている。落ち着いている様子に胸を撫で下ろしたのだが、舞台袖から絵本でも特に人気のイケメンキャラに扮《ふん》した俳優たちが出てきた途端、「キャアアアア!!」と先程以上の悲鳴を上げたので、ひっくり返りそうになった。

だ、大興奮ですわね。

続々と登場する主人公の仲間に、ノアも目をまん丸にし、前のめりで舞台を見ている。

楽しんでいることが伝わってきて微笑ましくなる。

そしてとうとう、主人公が出てくるぞ！　という時、楽団が軽快な音楽を奏で始めた。

――そう。今回の交流会最大の目玉はなんと、二・五次元ミュージカルなのだ!!

専属侍女のミランダにお願いして有名な劇団に連絡を取り、企画を説明し、台本や衣装等々を準備して、さらに楽団にも同じように説明して……。楽譜を書くのは面倒なので、私がピアノで弾いたものを聞いて編曲してもらい、劇団と合わせて練習に次ぐ練習。

あら？　私いつから監督兼演出家になったのかしら？　と思いつつも、もはや抜け出せず。完璧に仕上げてもらうまでのあの苦労の日々……！

そしてとうとう、満を持してこの日を迎えましたのよ!!

――今回ミュージカルの題材にしたのは、ある国の王女が国内で起こったクーデターを止めるために立ち上がり、主人公たちと協力して、王国を平和に導くというストーリーだ。

これが一番、女の子たちにも受け入れやすいストーリーかなと思い選んだのだが、どうやら大成功だったらしい。勇敢に戦う王女様がとても人気だ。

子供たちは皆ミュージカルに夢中で、期待どおりのその光景に顔がニヤけるのを止められない。

しかし、想定外だったのは、夫人たちの反応だ。二十人の夫人たちが皆、それぞれが好きなキャラクターの戦いぶりに一喜一憂しているのだ。中には、「尊い……っ」と涙を流す猛者《もさ》もいる。サロンの隅に控えている使用人たちも密かに楽しんでいるようだ。

交流会はなんとか大成功で終わりそうだわ。

そう思っていた。ノアの隣にいる子供の顔を見るまでは――

「ノア～、……っ!?」

ミュージカルが終わり、盛大な拍手と歓声の中、ノアに話しかけようとした時だ。

私は、ノアの隣にいる女の子の顔を見て、ハッと息を呑んだ。

あの子……っ。

『――ノア様は、本当なら私の婚約者なのに！　なんで、あなたみたいな人が隣にいるのよ!!　ノア様をとらないで……っ』

『氷雪の英雄と聖光の宝玉』に出てきた、かませ犬令嬢、ブルネッラ・アレグラ・ブランビア！

確かマンガの中では、幼い頃にお茶会で、ノアがブルネッラの膝に熱いお茶をこぼして火傷《やけど》させたとかで、責任をとって婚約という話が出たが、実は火傷《やけど》させたのはノアではなかったのだ。

周りの子どもたちが、お茶がこぼれた瞬間を目撃したわけではないのに、近くにノアがいたから彼がやったに違いないと思い込んで騒いでいたのよね。ブルネッラ当人は、ノアに一目惚れしていたから誤解も解かず、火傷《やけど》も喜んでいたっていう、ちょっと怖い女の子だったような……

結局、お茶をこぼしたのは近くにいた別の令息だと判明したため、ブルネッラはそちらと婚約したのだけれど……

嫌だわ。子供に熱いお茶を出すお茶会なんてあるわけないじゃないの……って、あら？　もしかしてそれって、今日の交流会のことなんじゃ……

もし、マンガのイザベルが、ノアを虐めるために熱いお茶をわざと用意していたとしたら……？

「おかぁさま、おかぁさまっ、みんな、でてきた！」

そばにやってきたノアの声にハッとする。

「ノア……。そうねっ、楽しかった？」

ミュージカルに大興奮しているノアは、うんうんと何度も頷き、大好きなキャラクターの真似をし始める。周りを見ると、ほとんどの子供が、大興奮で母親に感想を伝えているではないか。

なんなら、夫人たちも興奮していて、ママ友同士できゃっきゃと盛り上がっている。

「ノア。あの、お友達はできたかしら？」

「あぃ、ぁ、はぁいっ、ノア……ぁっ、わ、たち、おともだちできた！」

可愛いノアの舌足らずな口調や言葉遣いが、新しく来た行儀作法の先生によって矯正されてきているのよね……。これはこれで可愛いけれど、少し寂しい気もする。

「新しいお友達を、お母様に紹介してほしいわ」

「はぁい。おかぁさま、こっち」

素直な息子は、私の手を引いてお友達のところまで案内してくれる。

小さな紳士ね、などと思いながら案内された先にいたのは——

栗色の髪に、同じ色のつぶらな瞳。日に焼けていない白い肌は貴族の令嬢らしく、幼児特有のふくふくとしたほっぺが柔らかそうでつつきたくなる。その頬が、ほんのりピンクに染まっているところがたまらなく可愛らしい——そう、ブルネッラ・アレグラ・ブランビアだった。

「ノアの……、わた、ちの、おともだち！」

「ま……まぁっ、女の子のお友達ができましたのね！　こんにちは。わたくしはイザベル・ドーラ・ディバインと申しますわ。ノアの母親ですの。あなたのお名前を伺ってもよろしくて？」

動揺を押し殺しながら膝をつき、目の高さを合わせて、にっこりと笑って自己紹介をする。ブルネッラはじっと私を見て、小さな声で「ぶるねっら……」と言い、恥ずかしそうにノアの後ろへと隠れた。

え。か、可愛いィイ!!　小動物みたい！

「ブルネッラ様、可愛いお名前ですわ」

「ブルちゃん、はずかしがりやさんなの」

ブルちゃんって、ノア……

前々から思っていたけど、ノアのネーミングセンスって独特なのよね。ううん、そんなことよりも、この子は間違いなく、あのブルネッラ・アレグラ・ブランビアだわ。

「ノアは、ブルちゃんとはどうやってお友達になったの？」

「あのね、ブルちゃんがね、てでぃもってたの！　それ、おかぁさまがつくったのっていったら、ノア、わたち、に、みせてくれたのよ！」

あら、『おもちゃの宝箱』で販売しているお着替えテディで仲良くなったのね。

「……ぶるねっら、てでぃ、だいしゅき」

ノアの後ろで恥ずかしそうにテディを抱きしめるブルちゃんの可愛さに、ストレートパンチをいただいた気分だ。ブルちゃんが持っているテディはブルちゃんと同じ栗色で、自分の色に合わせて買ったのだろうことがわかる。

「そうなの？」

「あのね、ブルちゃん、おかぁさまのえほんも、すきなのよ」

私が作った絵本は冒険ものが多い。ブルちゃんはどちらかというと、可愛い感じのものが好きそうだけど。

「ブルちゃん、絵本好きなの？」

「うん……しゅき」

かわい……！　女の子って可愛いわぁ！　もちろんノアが一番だけど、女の子の繊細さというか、柔らかさ？　そういうのが男の子とちょっと違うのよ！

「ノアのお友達になってくれてありがとう」

そう言うと、ブルちゃんは恥ずかしそうにこくんと頷いて、ぎゅっとテディを抱きしめた。

本当にこの可愛い子が、あの少し危ない感じのブルネッラ・アレグラ・ブランビアなのかしら？

でも、そうよね。まだ三歳くらいだもの。きっと火傷《やけど》事件があったお茶会も、もう少し大きくなってから起こるのよ！　まぁ、そんな事件を起こさせる気はないけれど。

「ノア、ブルちゃんは女の子だから、優しくしてあげるのよ」

「はぁい！」

私も、マンガとは全く違う人生を歩んでいるつもりだったけど、マンガと同じようなシチュエーションでマンガのキャラが出てくると、なんだか不安になってくるわね……。『強制力』なんていうものがなければいいのだけど――

SIDE　執事長ウォルト

「私、交流会の担当で良かった〜！」

「私も!!　あんな素敵な歌劇が見られるなんて思ってもみなかったわ！」

「素敵なんてもんじゃないわよ！　あれは歌劇界の革命よ!!」

「楽団の音楽も、歌劇とぴったり合っていてワクワクしたわ！」

使用人専用の休憩室で、きゃっきゃとはしゃいでいるのは、本日催《もよお》された奥様の交流会を担当した使用人たちだ。皆が大興奮で交流会の様子を語っている。

しかし、ここまではしゃぐとは一体なにが……私は交流会には携《たずさ》わっていなかったため、状況が把握できていない。

「無理もありません。本当に、奥様の交流会は素晴らしかったのですから」

呆然としている私に声をかけてきたのは、部下の一人であるロレンツォだ。

「一体、なにがあったのですか？」

多才な奥様のことだ。交流会が成功することは確信していたが、使用人まで絶賛しているのは異例のことだった。

私はロレンツォに詳しく話を聞かせてほしいと頼んだのだった。


「――という報告を部下から受け、旦那様のお耳に入れるべきだと判断いたしました」

ロレンツォから話を聞いたあと、すぐに旦那様に報告すべく、執務室を訪れた。

私の報告を聞いた旦那様は案の定、呆気に取られたような表情で仕事の手を止めた。

「新たな歌劇だと……？　私が求めていたのは、一門の中での彼女の立場の確立と、新素材の宣伝だったはずだが……」

「招待した方々は、皆様上機嫌で帰路につかれたとのことです。奥様の、一門での立場は揺るぎないものになったかと」

立場が確立されたどころか、むしろ一門で最も力を持つ女性として、今後社交界を引っ張っていくことになるだろう。さらに、今回の交流会で、奥様は新たにインテリア用品や遊具、子供用の食器から飲み物に至るまで、様々なものを開発された。

「旦那様も気に入っておりました、あの屋外用のソファや宙に浮く椅子も好評だったそうです。室内用の、腕かけ部分が机に変化するあのソファも、皆様驚かれていたそうですよ」

「そうだろうな……」

「交流会後、遊具はサロンに隣接する庭ではなく、ノア様が普段散歩に利用されている裏庭へと移動させておきました。屋外用ソファはそのままにしております」

「ああ。あれはイザベルも気に入ってよく座って日光浴をしているからな。しかし、できればあそこにガゼボを作り、直射日光を避けられるようにした方がいいだろう。彼女は肌が弱そうだ」

旦那様は最近、無自覚に奥様を甘やかしている。そう、無自覚に。

女性嫌いの旦那様が、人生で初めて気を許したのが、あの恋愛事に鈍い奥様だ。そして旦那様に至ってはそっち方面は鈍いどころか壊滅的である。お二人に任せていたら、多分五十年経っても仲が発展することはないだろう。

「かしこまりました。ガゼボの建築と……、そうですね、庭にも手を入れられた方がいいと考えますが」

「庭も？　何故だ」

「現在サロン側の庭は、とてもその……シンプルですので、奥様が好みそうな美しい庭園を造られるのはいかがでしょうか」

「ふむ……。邸《やしき》に関しては、お前とイザベルに任せてある。イザベルと相談し、好きにするといい」

「……かしこまりました」

そういうことではないのですよ、旦那様。

やはり恋愛において赤子並みの旦那様には期待できないと諦め、返事をしたのだった。

◆　◆　◆

マンガの登場人物であるブルネッラちゃんと予期せぬ遭遇をしたものの、交流会は大成功に終わり、ノアも私も幾人かの方とは手紙をやり取りする間柄となった。

ノアは、手紙というより象形文字というか、ただの線というか、不思議なものを書いて送るのだけど……。ちなみに返事もそんな感じのものが届く。

皇后様以外にもママ友ができて良かったと思いながらお茶の入ったカップを口に運ぶ。

今日の紅茶も香り豊かで素晴らしいわ。

皇后様といえば……最近、皇帝陛下は皇后様がおっしゃっていたとおり、ダスキール公爵の娘を側妃として迎えられ、貴族たちに戦慄《せんりつ》が走った。

今までは身分の低いご令嬢ばかりが皇宮に入っていたので権力争いなどは起きなかったが、今回は公爵令嬢だ。なにか起こるのではないかと、主に皇帝派がピリピリしている。そのため最近、私もノアも皇宮に遊びに行くことができないでいるのだ。

「あすでんか、おげんき？」

とノアが何度も私に確認してくるのは、イーニアス殿下に会いたいからなのだろう。もしかしたら、あのミュージカルのことや新しいお友達のことを報告したいのかもしれない。

困ったわ……。イーニアス殿下に協力してもらって作った、『黒蝶花《こくちょうか》』をモチーフにしたオリジナル絵本も完成しているのだけど。

「どうしたらいいのかしら……」

「奥様、なにかお悩みですか？」

ミランダが心配そうに聞いてきたので、「どうやったら皇宮に行けるか、考えていたのよ」と溜め息を吐きながら愚痴ってしまった。

「まぁ。それはちょうど良かったです」

「え？」

「皇宮から、お手紙が届いておりますよ」

そう言ってミランダは、二通の手紙を渡してくれる。

「……二通？」

「はい。皇后マルグレーテ様と……、最近側妃になられた、オリヴィア・ケイト・ダスキール様からです」

なんですって？

「……まずは、皇后様からの手紙を開けてみましょう」

ミランダからペーパーナイフを受け取り、恐る恐る開けてみると、出てきたのはお茶会の招待状だった。

「皇后様から、ディバイン公爵家の私にお茶会の招待状……？　派閥の問題はどうなったの？」

ここグランニッシュ帝国は皇帝派、中立派、ディバイン公爵派の三つの派閥に分かれていて、皇后様は皇帝派のようにふるまっている。実際には、ディバイン公爵の大ファンだけれど、それは秘密にしているのよね。

招待状の他に手紙は入っていないわ。なにか理由があるのだろうけど……

「あとはオリヴィア側妃の手紙よね……」

もう、本当に開けたくないわっ。悪い予感しかしないのよ！

深呼吸して、側妃の手紙に向き合う。ぷるぷると震える手で封を開けると出てきたのは——

皇后様と同じ日に開催される、側妃様主催のお茶会の招待状であった。

「ヒィッ」

ヤバい！　これはヤバいわ！　私、おかしな争いに巻き込まれてしまっているみたい!!

「奥様、返事はいかがされますか？」

「いかがもなにも、これは旦那様に相談しなくてはならない案件ですわっ」

「かしこまりました。それでは旦那様のご予定を執事長に聞いて参ります」

「え、ええ。お願いするわね」

テーブルの上にお二方の招待状を置いて、少し距離を取る。

わかっているのよ。こんなことをしたってなんにもならないことは。でも、物理的に距離を取りたくなるものなのよ！

しばらくして、ミランダが足早に戻ってきた。

常に冷静なミランダが早歩きだなんて、珍しいわね。

「奥様、すぐに旦那様がこちらにいらっしゃるそうです」

「えぇ？」

最近の旦那様、フットワーク軽くないかしら。

「――なにがあった？」

ミランダの言葉に驚いているうちに、公爵様がやってきてしまった。

実際、大問題が起きたからちょうどいいのだけど、私を避けまくっていたあの日々はなんだったのかしら。

「旦那様。お忙しいところ申し訳ありません。こちらへおかけください」

「ああ」

公爵様はソファに腰かけると、テーブルに置いてある二通の手紙を見つけ、私を見た。封蝋《ふうろう》の印を見て、大体の状況を把握したのだろう。

「皇后様と……オリヴィア側妃から、同日にお茶会に誘われましたの」

「そういうことか……」

どういうことですの？

旦那様は訳知り顔で私を見ると、「イザベル」と名前を呼んだ。

「はい？」

「君は新素材をはじめ、子供用おもちゃや遊具、家具や歌劇など様々なものを作り出し、領地の雇用改善までおこなった。すでに皇宮では、誰が君を取り込むかと、水面下での争いが始まっているのだ」

嘘でしょう⁉

「皇后が側妃と同日に茶会を開くのは、側妃に誘われて困る君を助けるためだろう」

「そうなのですか⁉　あら、でも派閥は……」

「女は派閥よりも社交界の評判を重視する」

そうだったの⁉　私、貧乏な上に領地から出ることがなかったから、パーティーに出席したこともほとんどないし、社交界ってあまり知らないのよね。なにしろ公爵家に来て初めて皇城のパーティーに出席したくらいだもの。未だによくわからないわ。

「とにかく、君は皇后の茶会の方へ参加するんだ。派閥が違っても、側妃より皇后からの誘いを優先するのは当然だからな」

「承知いたしましたわ」

話が終わると公爵様はすぐに席を立つ。その様子に、やっぱりいつもの公爵様だわ、と最近覚えていた違和感を頭から追い出した。

「あ、旦那様」

「なんだ」

「相談にのっていただき、ありがとう存じますわ」

お礼を伝えると、公爵様はきょとんとした。

「…………ああ」

随分間があいてから返事が戻ってきた。

私、なにか変なことしたのかしら？

「イザベル」

「なんでしょうか、旦那様」

名前を呼ばれたので返事をすると、じっと見つめられる。

なにかしら……、どうしてそんなに見てくるの？

「……いや、招待状の返事は早めにするように」

「あ、はい。わかりましたわ」

公爵様はそれだけ言うと、足早に出ていった。

「ミランダ」

「はい、奥様」

「わたくし、なにかしたのかしら？」

「…………いえ、奥様ともっとお話しされたかったのではございませんか？」

「あの旦那様が？」

「…………」

なんだかミランダが呆れているように見えるのだけど、気のせいかしら。

まぁ、いいか。

でも、側妃のお茶会に出なくていいなら助かったわ。とはいえ、〝アタクシ〟の方の皇后様のお茶会も、なんだか恐ろしい気がするのよね……

もう一度皇后様からの招待状を見ると、裏になにかが書かれていることに気付いた。

「なにかしら……」

招待状をひっくり返すと、そこには――

『劇団の紹介、よろしくね。イーニアスが見たがっているの』

ああ……、もうあのミュージカルのことを把握しているのね。

皇后様の情報網、恐るべし！

よく見たらこのお茶会、子供も一緒に参加するものだわ。もしかして、イーニアス殿下もノアに会いたがっているのかしら。

「フフッ、さすが、一番仲のいいお友達同士ですこと。考えていることも一緒ね」

皇后様のお茶会でやっと会えるノアとイーニアス殿下を想像して、和《なご》んでしまった。

「早速ノアに報告しなければね！」

SIDE　？？？

「…………っ、これは一体、なんの冗談かしら……」

届いたお茶会の返事は、皇后の茶会に招待されているので今回は見送らせてほしいというものばかり。

こんな屈辱、初めてだわ……っ。

手紙を破り捨て、拳を握る。

「私は……公爵令嬢よ？　皇后なんて侯爵家の出じゃないっ、私の方が身分は高いのよ！　なのに、あの厚化粧女が皇后で、私が側妃？　ふざけるのも大概にしなさいよね！」

机に思い切り拳を叩きつける。

大きな音がして、ティーセットがひっくり返るけど、どうでもいいわ。

「私が……っ、この私が皇后でなくてはダメなの。そうでないといけないの。私が、一番よ……っ」

最近派手に動いている、イザベル・ドーラ・ディバインとかいう女も目障りなのよね……。今回のお茶会で、立場の違いを教えてあげようと思っていたのに。

「残念だわ……。本当に残念——」

第二章　皇后のお茶会

久々にやってきた皇宮は相変わらず広大で、ドローンで上から撮影しないと全貌が把握できないだろうと、来る度に思う。

最初はいつ皇帝に出くわすかと怯えていたけれど、あまりにも広いせいか、案外会わないものなのよね。

「おかぁさま、あすでんか、はやくあいたいの！」

「そうねぇ。殿下もノアと早く会いたいと思っているわよ」

可愛い息子と手を繋ぎ、皇后様の宮へと向かう。

案内してくれる人がいなければ、絶対迷っているわ。

「ちがうのよ。そっちじゃないの。あっちよ」

ノアが突然、可愛い声を上げた。

「どうしたの？　ノア」

「ちがうの。あすでんか、こっちよ」

ノアが指差す方向はイーニアス殿下の宮へと続く道だ。そういうことかと納得する。

「ノア、今日は皇后様の宮に伺うのよ。そこにイーニアス殿下もいらっしゃるの」

「あすでんか、あっちいる？」

皇后様の宮の方を指差すノアに、そうよ、と頷く。

案内役の使用人が戸惑っているようだったので、「ごめんなさい。案内してくださる？」と言って案内を再開してもらったが、内心、ノアはこの広い皇宮の道を覚えていたのだと驚いていた。


「――皇后陛下、イーニアス殿下、本日はお招きいただきありがとう存じます」

「ディバイン公爵夫人、お久しぶりね。アタクシがあなたのお店に行って以来かしら」

久々に会った皇后様はとてもお元気そうでホッとした。

側妃の件で色々あるようだから、心配していたのよね。それに、今日は香水も控えめみたいで良かったわ。

それにしても、カーテンが閉められた舞台があるのだけれど、もしかして……

「うむ。よくきてくれた！　イザベルふじん、ノア！」

「あすでんか！」

ノアとイーニアス殿下が久しぶりの再会に、嬉しそうにしている。

ノアは新しいお友達のことやミュージカルのことを話したいのかソワソワしているし、イーニアス殿下も、ノアを舞台の前まで連れていきたいようで、皇后様をチラチラ見ながら同じようにソワソワしている。

舞台があるということは、皇后様のお茶会でもあのミュージカルをおこなうのだろう。

劇団を紹介するように言われた時からそうなるとは思っていたけれど、本当にやるのね。

「イーニアスがこの日を楽しみにしていたのよ！　アタクシも楽しみで興奮して眠れなかったわ！　あなたが交流会でやった歌劇って、あの絵本を題材にしたものなのでしょう？　しかもあなたが演出も監督も、それどころか作曲までしたんですって？」

「ど、どこでそれを⁉」

「ふふっ、アタクシの情報網はすごいのよ」

皇后様は厚化粧の悪女顔なので、めちゃくちゃ悪そうな笑顔になっていて怖すぎる。

「さ、こちらへいらっしゃい。あなた、こういったお茶会には慣れていないでしょう。アタクシのお茶会仲間を紹介してあげるわね。イーニアスは他の子供たちにノアちゃんを紹介してあげるのよ」

「はいっ、ははうえ。ノア、いこう。わたしが、きょうのしょうたいきゃくを、しょうかいしよう」

「あいっ、ぁ……はい！　あすでんか」

「うむ。ノアもおへんじが、はきはきと、できるようになったのだな！」

「わたち、がんばってるのよ！」

「うむ！　ノアはがんばっているのだな」

か、可愛い……っ、殿下がお兄さん風吹かしているところも、ノアが女の子みたいに喋《しゃべ》っているところも……っ、この子たちは私の癒やしよ‼　手を繋いで仲良く歩いていくところも可愛らしいわ。

子供たちの様子が気になってそのまま見守っていると、イーニアス殿下が皆を集め、ノアを紹介してくれる。

「みな、ほんじつはよくあつまってくれた。はじめてかおを、あわせるものばかりだとはおもうが、なかよくしてほしい」

「はいっ」

イーニアス殿下の挨拶に、ディバイン家の幼い公子様――ノアが元気良く返事をしたため、周りの子供たちもつられて「はいっ」とお返事をしている。

それにしても、イーニアス殿下はさすが皇太子候補だけあって、四歳だというのにしっかりしているわ。

「ノアっ、あのえほんの、かげきをみたのだろう！　けんしは、でたのだろうか？」

「はい！　たのちかった！　ばーんってちて、わーってなったのよ!!」

「そうか！　きょうはそのかげきも、みられるのだぞっ」

イーニアス殿下とノアが、自分たちの大好きな絵本を話題にしているらしいと気付いた子供たちは、皆、話に入りたくて仕方がないようだ。とうとう我慢できなくなった一人の子供が、二人に話しかけてしまう。

「あのね、ぼくもえほんすきです……」

通常、身分が下の者から上の者に話しかけるのはルール違反とされる。

親から、自分から話しかけてはいけないと教えられていたのだろう子供たちは、その子供の行動に戸惑い、怒られるんじゃないかとハラハラしながら見守っているような感じだ。

「なんだと!? わたしたちのなかまか！」

「なかま、みちゅけたー!!」

「えへへっ」

怒られるどころか、仲良くなってしまうという予想外の結果に、他の子供たちも次々と声をあげる。

「ぼくも、えほんだいすき!!」

「わたしもすきです！」

こうして、子供たちは皆仲良く絵本の話で盛り上がり始めた。

どうやら問題なさそうだとホッとした瞬間――

「さっ、行くわよ！」

まだ見ていたいのに、皇后様に無理矢理引っ張っていかれる。

あーっ、私の天使たちが遠ざかっていくーっ。

「皆様、ディバイン公爵夫人がいらっしゃったわよ」

皇后様に連れてこられたのは、子供たちと舞台の両方が見渡せる後方のエリアだ。

そこには大きなテーブルと椅子が並べられており、皇宮の晩餐会《ばんさんかい》で見た女性たちが、それぞれ席についていた。皆様の前には高級そうなティーセットと、カラフルで可愛らしいお菓子が並んでいる。

——なんだか雰囲気がピリッとしているわ……

「皆様、ごきげんよう。皇宮で開かれた晩餐会《ばんさんかい》以来ですわね。わたくし、皇后陛下のお茶会にお招きいただいたのは初めてなものですから、よろしくお願いいたしま……」

「ディバイン公爵夫人、あなた最近、色々と商売をされているのだそうですね」

私が言い終わる前に、攻撃が来たわ！　これがお茶会の洗礼というやつなの……？

「ディバイン公爵夫人のいい噂はあまり耳にしておりませんが、テオバルド様は大丈夫ですの？」

「テオバルド様が心配ですわぁ」

ん？

「ですが、テオバルド様ご本人が選ばれたと伺ったわ」

「まぁ、テオバルド様は面食いでいらっしゃるのかしら？」

もしかしてこのお茶会って……

「はいはい、皆様。本日はた〜っぷりと、テオバルド様のことについてディバイン公爵夫人に聞きますわよ！」

「「「キャーッ」」」

公爵様のファンクラブの集まりィィ!?

そこからは怒涛《どとう》の質問ラッシュだった。

テオバルド様のあの噂は本当なのか、これは好きなのか、あれは嫌いなのか、今ハマっているものはなんなのか。

そんなこと私が知るわけないでしょう⁉　と叫びたかったが、そんな勇気はなかったわ。だって、私を囲むこの女性たち皆、熱狂的すぎて、そんなこと言おうものなら妻としてそのくらい知っておきなさいと、公爵様について延々教えられそうだったのだもの‼

そこから小一時間、さんざん公爵様について聞かれた私は、ぐったりしながら子供たちとともにミュージカルを鑑賞した。

ミュージカルは公爵様ファンの皆様に絶賛され、今度は庭でお茶を飲みながら私の商売の話になり……と話題の尽きないお茶会であった。

ＨＰが尽きかけていた私が、そろそろ帰りたい……と意識を飛ばしていたその時――

「まぁっ、皇后陛下もお茶会を開いていらしたのですね」

突然、妖精のお姫様かと思うような女性が庭に現れた。真っ白な肌とピンクブロンドの美しい髪、甘く蕩《とろ》けそうな琥珀色《こはくいろ》の瞳をした、見るからに儚《はかな》く可憐なその女性は、不躾《ぶしつけ》にも皇后様に話しかけてきたのだ。

誰⁉　この妖精、誰⁉

「ここはアタクシの宮よ。そこにズカズカと入ってくるなんて、無礼な方ね」

まるで悪役令嬢のように、心底冷たい声を出す皇后様に、心臓がバクバクと激しく動き出す。

「無礼なんて……私、皇后様をお茶にお誘いしようと思って参りましたのに」

ちょ、なん、なにか火花が見えるのだけど！

周りのご夫人方は一瞬嫌そうに顔をしかめ、その後スンッとした表情に変えて、どこか遠くを見ているではないか。

その表情、私もすべきかしら？

「アタクシをお茶に誘いたいのでしたら、先触れを出すのが礼儀でしょう」

「そんな……先触れは出したはずですが……」

絶対出していないのに、さも自分が被害者のように悲しそうな顔をする妖精に、皆がイラッとしたのがわかった。

「申し訳ありませんわ。まさか伝わっていなかっただなんて……」

「普通、先触れを出して、了承の返事を貰ってから来るでしょう。あなた、返事もないのに来たの？　なんて非常識なのかしら」

皇后様の言うとおりだ。しかし、妖精はその言葉に一瞬鬼のような顔をし、すぐ、ポロリと涙をこぼした。

「了承のお返事をいただいて来ましたのに……」

「見てわからない？　今、アタクシはお茶会を開いているのよ。了承の返事などするわけがないでしょう。そのようなおかしな理屈は通らなくてよ」

「酷いですわ……っ、私は本当に了承いただきましたのに……」

酷いのはお前の頭だ――という皇后様と皆様の心の声が聞こえた気がした。

「まさか、陛下のご寵愛を私がいただいているから……」

「どうでもいいのだけど、いつまでここに居座る気？　あなたまさか、皇后であるアタクシのお茶会の邪魔をしに来たのかしら？」

「っ……そのようなことはいたしませんわ」

妖精は悲しげに顔を歪《ゆが》めたあと、私たちに視線を向ける。

「皆様、お邪魔をしてしまい、失礼いたしました」

そう謝罪をしたのだけれど、皇后様には謝らないのね……。こんな場面をノアが見てなくて良かったわ。

そう思った時、妖精と目が合った。

――な、なに……っ？

ゾッとするほど憎しみに満ちた視線だ。すぐ目をそらしたけれど、悪寒が止まらない。

あとで聞いた話だが、あの妖精こそが噂の側妃、オリヴィア・ケイト・ダスキール様だったのだ。

妖精みたいに可憐なのに、めちゃくちゃ怖かった……


「おかぁさま、たのしかったね」

にこぉっと笑うノアに癒やされる。もう二度とあんなお茶会には参加したくないわ……

「あすでんか、えほんよろこんでたの」

黒蝶花を題材にした絵本をお渡ししたのだが、どうやら喜んでいただけたようだ。

「そうね。イーニアス殿下をモデルにした絵本だったから、喜んでくれて良かったわ。今度ノアにも、ノアがモデルの絵本を作ってあげるわね！」

「ううん。あすでんか、がんばったから、ごほうびなのよ。ノア……、わたちね、がんばったらちょーだいね」

ノア……っ。

「そうね。ノアがとっても頑張った時に、ご褒美の絵本をプレゼントするわね！」

「はいっ」

はぁ～尊い。……皇宮が怖かったから、余計癒やされるわぁ。

だけど、今回のことでわかったのは、私には社交界の立場がどうのこうのとか、無理ってことだわ。皇后様のように言い返すこともできそうにないし……

早く平和な領地に帰って、公園を作りたいわ。


「――『こうえん』でございますか？」

ミランダが着替えを手伝ってくれながら目をパチクリさせる。

「ええ。色々な人が遊具で遊んだり、景色をゆったり楽しんだりするために開かれた場所のことを言うの。そういった場所って今までなかったでしょう」

「そうですね。庶民ですと、幼い子供が集《つど》うのは教会ですし、貴族ではお茶会でしかそういったことはございません」

「そうなのよ。わたくし、お茶会を開いたり、お店を開いたりしてみて、幼い子のコミュニティーがないことに気付いたの」

「はぁ……」

戸惑いを隠せないミランダに、続けて説明する。

「子供同士の交流は、脳の発達にもとてもいいのよ」

「の、のう……？」

「たとえば言葉を覚えたり、新しい遊びを作ったり、コミュニケーション能力が向上したりね。子供同士が交流することによって、様々な能力を伸ばすことができるの」

「なるほど。それは素晴らしいですね」

「ええ。それにね、お母様たちの交流の場所にもなるから、子育ての悩みを相談し合ったりもできるでしょう。もちろん子連れの方だけでなく、お年寄りや若者も集《つど》えるようにすれば、年齢関係なく交流ができるわ」

「それは、そうですね」

「だから、領地に公園を作れば、子育て支援にもなるし、憩《いこ》いの場を提供することにもなると思うのよ」

などとミランダと世間話程度に話していたら、いつの間にか公爵様に伝わっていたのよ！

「――皇后の茶会はどうだった」

翌日、公爵様が公園について詳しく聞きたいとおっしゃっているとのことで、執務室に呼び出されたのだけれど、皇后様のお茶会についても心配されていたみたいだわ。

「お茶会自体は特に問題もなく終わったのですが……」

「なにかあったのか」

ピクリと公爵様の眉が動く。

普段無表情な分、その美麗な顔に動きがあると恐ろしいわね。

「その……、側妃のオリヴィア様が途中で闖入《ちんにゅう》されまして……」

「皇后の茶会にか？」

さすがの公爵様も驚いたらしく、目を見開いていた。

「ええ。先触れを出して了承を得たからと来られて……、皇后様も驚かれていましたわ」

「茶会を開いているのに、皇后が側妃の途中参加を了承したと？　そんな馬鹿なことはあり得ないだろう」

「いえ、オリヴィア側妃はお茶会を開いていたことは知らず、皇后様をお茶に誘いにいらしたとおっしゃっていましたわ」

「それこそあり得ん。平民でもそんな非常識なことはしない」

それがしたのです。公爵家のご令嬢と聞いていたけれど、養女とか、庶子で教育を受けさせてもらえないとか？

「言っておくが、オリヴィア・ケイト・ダスキールは養女でも庶子でもない」

私、顔に出ていましたか？

手で頬を押さえると、公爵様がフッと笑う。

「君はよく顔に出るからな」

「まぁっ、公爵夫人にあるまじきことですわよね。申し訳ありません」

「いや、構わない」

あら？　公爵様の雰囲気が柔らかくなっている気が……

「そんなことより、側妃の狙いはおそらく君だろう。皇后と君の様子を見に来たに違いない」

「やはりそうなのですね……」

「……側妃になにかされたのか」

柔らかくなっていた公爵様の雰囲気が、突然剣呑になった。

「いえ……その、目が合っただけですわ」

「そうか……」

公爵様が黙り込む。そして、しばらくして私を見て言ったのだ。

「イザベル、君は領地に戻れ」

「え……」

よろしいのですか？

「側妃に近付くのは危険だ。ちょうどいい理由もできた。公子を連れて戻るがいい」

「理由、ですか？」

理由なんて思い浮かばないのだけど……

「君が言っていたのだろう。領地に『こうえん』を作るのだと」

SIDE　側妃オリヴィア

今夜は、陛下が私の部屋に御渡りになって、今はお話の真っ最中なの。妊娠中だけど、どうしても聞いてもらいたいお願いがあったから、私から御渡りいただけるよう手紙を書いたのよ。そうしたら、すぐに了承のお返事が来たわ。あのお化粧厚塗りブスな皇后と違って、私は陛下に愛されているもの。当たり前よね。

「陛下……」

「ん？　どうしたのだ、オリヴィアよ」

「……実は、皇后陛下に……っ」

私の瞳から、ぽろぽろと涙がこぼれる。

泣きすぎてはダメよ。ポロッとこぼすくらいがいいの。だって男は、女の涙に弱いと言いながらも実際は苦手なのだから。泣きすぎては引かれてしまうもの。

「……皇后がどうかしたのか？」

「……私のお茶会を、潰されてしまいました」

大して格好良くもない男の腕の中で、甘い甘〜い声を出す。

きっと、デレッとした顔をしているに違いないわ。そしてすぐに、「そうか……。皇后はなんと酷いことをするのだ」と私の味方になってくれるの。

「陛下。私、お茶会が開けなくて、とても残念です」

男の胸を撫でながら、ゆっくりと顔を上げると、デレデレ顔の男がいるはず……。でも口元だけを見るのよ。ここで恥ずかしそうにして目を合わせないのが効果的なのよね。ほら、私の顎《あご》を掴んで目を合わせようと必死。

はぁ……。これがあのディバイン公爵くらい美しい顔の男なら良かったのに。

「茶会くらい、いくらでも開けば良い。皇后には朕から注意しておこう。そなたは絶対に皇后に近付いてはならん」

「……でもまた、皇后陛下に日付が重なるような意地悪をされてしまったらと思うと……怖いわ」

もう一度抱きつき、胸に頬を寄せる。

早く察しなさいよ。本当に鈍い男ね。あんたなんて皇帝じゃなかったら、お金を貰ってもお断りだっていうのに。

「……うむ。ならば朕の名を貸してやろう。それならば皇后も邪魔はできまい」

その言葉が聞きたかったのよ。

「陛下っ、大好き！」

「ハハハッ、そうだろう、そうだろう。朕は優しい男だからな！」

本当に、馬鹿な男。でもあんたの名前、せいぜい利用させてもらうわ。

「ねぇ陛下、私、ディバイン公爵夫人をお茶会に呼びたいの」

「なにっ、ディバインだとっ」

この男、ディバイン公爵にライバル心を剥《む》き出しにするけど、皇帝ってところ以外全部負けているのよね。どうして無謀な勝負をしようとするのかしら。

「ディバイン公爵夫人は、（忌々《いまいま》しいことに）今や時の人ですもの。ね、いいでしょう？」

「う、むぅ……」

なに考え込んでいるのよ！　即決しなさいよ!!

「陛下、ダメでしょうか？」

「むぅ……」

「彼女はとても美しいとの噂でしたので、美容についてもアドバイスを貰いたかったのですが……」

「美しい……、うむ。確かに美しかった気がするな。しかしあの時は朕も他のことに夢中でよく見られなかった。なるほど……、パートナーとともに来ることを条件にすれば、公爵も一緒に来るかもしれぬか。それならばもう一度……」

やっぱり、「美しい」という言葉に反応したわ。女好きのこの男は、これでディバイン公爵夫人を招待するに違いない。

「陛下、私のお願い、聞いてくださいますよね――」

「クソッ、先手を打たれたか……」

◆　◆　◆

領地に帰る準備をしていた時だ。我が家に、皇帝陛下の封蝋《ふうろう》が押された手紙が、何故か私宛に届いたのだ。怖くなった私は、それを開けずに爆弾処理班――公爵様のところへ持っていき、丸投げした。

その爆弾《てがみ》を開けた公爵様が忌々《いまいま》し気な顔になる。

「あの……？」

「イザベル。皇帝とオリヴィア・ケイト・ダスキールが連名で、君を……いや、私たちを茶会に招待した」

はい？

「おそらく、また黒蝶花の毒を盛るつもりだろう」

「そ、れは……っ」

これって、ピンチなのではないかしら？　けれど……

「飲み物だけであれば、対策も可能ですが……」

「対策がとれるのか？」

私の言葉に、公爵様の目が大きく開かれる。

最近、公爵様の表情が豊かになったような気がするわ。それに、部屋に私と二人きりでも平気になったみたい。女性嫌いが緩和されてきたのかしら。

「はい。プレゼントとしてお茶を差し入れし、自ら淹《い》れて差し上げる方法が一つ。もう一つは、飲むふりをして中身を捨ててしまう、という方法がございます」

「中身を捨てる……それは、目の前に皇帝がいては難しいのではないか」

「人の視線を、他に誘導することで一瞬の隙をつき、捨てることができますわ」

マジックでよく使われる技なのよね。

「皇帝陛下は一つのことに集中しがちな性格をされているようですので、誘導もしやすいかと思います」

「なるほど……わかった。その方法を教えてもらえるか」

「はい。難しいことではありませんので、お茶会までにはできるようになると思いますわ」

「ああ……」

あら？　あまり気が進まないのかしら。表情が硬くなっている気が……？　あ、もしかして。

「大丈夫ですわ！　触れ合うようなことはしませんので」

「っ!?　そ、うか……」

あら、私と触れ合うことを懸念したのかと思ったのだけれど、違ったのかしら……？

「魔法契約もしておりますし、旦那様は安心してマジックの講義を受けてくださいませ」

「っ……ああ、そうだな。……魔法契約をしていたのだったか……。そうか、そうだった……」

私、なにかおかしなこと言ったかしら？

「――それでは、視線誘導と、お茶をこっそり捨てる方法を練習いたしましょう」

翌日の午後三時。テーブルには美味しそうなサンドイッチやカレーパン、可愛らしいお菓子の数々に、高級そうなティーカップに入った香り高いお茶。そして目の前には表情の乏《とぼ》しい公爵様が座っている。

「ああ、よろしく頼む」

一見、公爵様とアフタヌーンティーをしているような状況だけど、そうじゃないのよ。今からマジック講義が始まるのだから。

「まず視線誘導とは、相手の視線を、意図的にコントロールすることを言います。たとえば……」

公爵様の後ろのウォルトを見ると、待機していたウォルトがなにか用事があるのかと思い、私のもとにやってくる。

「はい。旦那様とウォルトは今、わたくしに視線誘導されましたわ」

「なんだと？」

「先程まで旦那様はわたくしを見ておりました。しかし、わたくしが旦那様の後方を見ると、そちらに視線と意識を向けましたでしょう」

「ああ」

「簡単に言えば、これが視線誘導ですの」

あまりに単純なことだったので、公爵様もウォルトも驚いているみたい。

「では、これからわたくしがこの視線誘導を使ってこのお茶を捨ててみますね」

「……ああ」

「――旦那様は最近お忙しいようですが、きちんと眠れていますか？」

とりあえず、日常的な会話を始めると、最初は戸惑っていた公爵様も私の話に付き合い出し、短い言葉で返事をする。

「そういえば、お庭を少し変えてみたのですが、気に入っていただけましして？」

「ん……ああ、そうだな」

そうして公爵様の意識が庭に集中している間に、持っていたカップの中身を、袖の中に仕込んでおいた容器へと全て移し、会話を続ける。公爵様はもちろん、ウォルトすらも気付いておらず、頬が緩みそうになった。

「旦那様、わたくし今の会話のどこかでカップの中身を全て捨てたのですが、お気付きでしたか？」

にっこり笑うと、公爵様もウォルトも目を見開き、「いつの間に……」と小さな声で呟いた。

「庭に視線をやった隙に捨てたのか」

「ええ。そのとおりですわ」

旦那様はすぐにピンときたようだ。するとウォルトが不思議そうに尋ねてくる。

「しかし、中身を床に捨てたわけではありませんよね？」

「そうね。そのようなことをしてはバレてしまいますわ」

「だとしたら、中身は一体どちらへ……？」

旦那様もそれが気になっているのか、じっと私を見ている。

なんだか少し楽しくなってきたわ。

「実は、袖の中にこのような容器を隠しておりましたの」

袖の中に隠していた容器を取り出して見せると、二人ともさらに驚いてくれたので、ついホホホッと笑い声を上げてしまった。

「このように、容器の中に水分をよく吸収する布を入れておくとこぼれませんの」

「ふむ……。これならば私にもできそうだ」

「はい。注意する点は、自然に、流れるような動作でおこなうことと、自分の視線をこの袖や飲み物に移してはいけないということです。少しでも違和感があれば、それが際立ってしまいますのよ」

こうして、お茶を飲まずに捨てるという異様なアフタヌーンティーが、側妃のお茶会まで毎日おこなわれることとなったのだった。


「おかしいわ……」

「奥様？　なにか不備がございましたか」

ミランダの不安そうな声に、あ、違うのよ、と手を振り、「旦那様がね……」と話を続ける。

「教えたことはすでに習得されたにもかかわらず、何故かずっと練習に付き合わせるのよ」

「奥様、それは……」

憐憫《れんびん》の情のこもった目で見られている気がするのだけど、気のせいかしら。

SIDE　テオバルド

「ウォルト……」

「はい。旦那様」

イザベルとのお茶休憩が終わり、執務に没頭して数時間が経った頃、ふと顔を上げウォルトを見た。いつもはまだ終わりの見えない書類の山が、すでに三分の二も終わっていたことに驚く。

「最近、仕事が捗《はかど》るような気がするが……」

「旦那様がきちんと休憩を取られているので、効率が上がったのでしょう」

「そうか……」

「奥様とのお茶の時間は、旦那様にとってもいい息抜きになっておられるのですね」

女とお茶をともにするなど、昔の私ならば吐き気しかしなかったのだろうが……、イザベルとのお茶は不思議と癒やされるのだ。

「……そういえば、イザベルとの魔法契約だが、どういった内容だったか……」

「旦那様は、奥様や奥様のご実家を危険から守らなければならない、という内容でございました」

「いや、そうではなく……」

「もしや、奥様側の条件ですか？」

ウォルトの眉が僅かに上がった。

「……ああ」

「確か奥様は、旦那様に性的な接触をしてはならない。そして、旦那様の許可なく触れてはならない。ただし、意図しない接触は除く。とありましたが」

接触……

「旦那様？」

何故、私は残念に思っているのだろうか？　接触しない方がいいに決まっているだろう。私は触れられるのは苦手なはずだ。なのに何故、イザベルに触れたいと思っているのだ——

第三章　悪魔との邂逅

側妃と皇帝陛下に招待されたお茶会当日。

この日のために、毎日、毎日、特訓してきたお茶の中身を捨てるマジックだけど、私は当日になってふと気付いたのよ。

マジックに気を取られて、あの側妃に絡まれたらどうするかの対策をなにも考えていなかった、と。

「はぁ……。行きたくない」

「奥様、当日になにをおっしゃっているのですか」

ミランダは朝早くに私を起こし、お風呂、全身のケア、お化粧など、メイドの皆とともに嬉々としてこなしてくれている。もちろんお化粧は、派手な顔をマイルドにするプロの技が光るものだ。

「奥様、今日のお召し物に、旦那様から結婚記念日にいただいたアクセサリーを合わせてはいかがでしょうか」

ミランダの言葉に、公爵様からいただいた結婚一周年のプレゼントを思い出す。

一応形だけとはいえ公爵夫人だし、公爵様が気を遣って贈ってくださったものだ。

それは、繊細な金色のチェーンと美しいアクアマリンが上品なネックレスに、それとお揃いの耳飾り、そしてブレスレットの、センスの光る三点セットだ。

「奥様と旦那様の瞳のお色に合わせたアクセサリーですもの。こちらの白をベースにしたドレスにとても映えると思います」

白い深Vネックのロング丈ドレスは、シンプルながらも形が美しく、動く度に揺れるスカートのドレープがとてもエレガントだ。例の容器が隠れるよう、袖はゆったりとしたドレープになっているのも洗練されて見える。一見、薄手で軽く、透け感があるように見えるのだが、生地を重ねているので容器が見えないという工夫もされている。

あえて白を選んだのは、お茶でドレスを汚すようなことは絶対にできないという先入観を植え付けるためだ。

これを着ていれば、袖にお茶を流し込んだなんて疑われないだろう。

「そうね。旦那様とご一緒するのですもの。いただいたものをつけた方がいいわよね」

的確なアドバイスに頷くと、ミランダは微妙な表情をし、メイドたちは苦笑していた。

「似合っていないかしら？」

この派手な悪女顔には、きっとこういう上品で繊細なアクセサリーは似合わないのでしょうね……

肩を落とした私を気遣ったのか、メイドたちもミランダも「よくお似合いです‼」とフォローしてくれた。

メイドたちに気を遣わせてしまったわ。なんだか無理矢理言わせた感があるし、それこそ悪女みたい。

「奥様、本当によくお似合いです。お美しいですよ」

ミランダは優しいわね。メイドたちもミランダの言葉に大きく頷いてくれる。嬉しくてつい笑みが漏れてしまったわ。

「あなたが私付きの侍女になってくれて良かったわ。ありがとう」

「奥様……っ」

「皆もよ。綺麗にしてくれてありがとう」

「「奥様……っ」」

感激したように涙を滲《にじ》ませる可愛いメイドたちに顔をほころばせながら支度をし、玄関ホールへと向かった。

ホールにはすでに公爵様がいて、ウォルトとなにやら話している。なんとなく、以前の晩餐会《ばんさんかい》の時を思い出してしまう。

あの時公爵様は、一人で馬車に乗ってしまわれたけれど――

「旦那様、お待たせしましたわ」

「っ……イザベル」

公爵様はこちらを向き、私の名前を呼んだあと、すぐに黙ってしまった。

あら、旦那様も白の衣装だわ。お揃いだったのね。やっぱり綺麗な男性が着ると、白はより眩しく光るのだわ。

そんなことを考えながら階段を下りていくと、最後の一段で、公爵様が手を差し出してきた。

「え……？」

「手を」

え？　これは、手を乗せろということなの？

戸惑っていると、公爵様が私の手を取り、そのまま馬車までエスコートしてくれたではないか。

「あの、旦那様……」

触っていますけど、大丈夫ですか？

「乗るといい」

まさか、いつも先に馬車に乗り込んでいた公爵様がレディファースト⁉　それも手を貸してくれるの⁉

あれよあれよという間に馬車に乗せられ、呆然としている中、馬車が走り出す。

しばらくしてから、公爵様がなにかをぽつりと呟いた。

小さすぎて、よく聞こえないわ。

「なんておっしゃいました？」

「………………ドレスもアクセサリーも、よく似合っている」

ふえぇぇぇぇ⁉

「そ、ぇ、へぇ⁉　ぅあ、ありがとう存じますわ……っ」

「そのアクセサリー、使ってくれているのだな」

「え、あ、はい。旦那様にいただいたものですし」

「そうか……」

ぶっきらぼうに返事をする旦那様は、無表情なのだが少し照れているようにも見える。

本当にどうしたのかしら？　いつもの旦那様ではないわ。別人？

「旦那様も、そのお洋服、とても素敵ですわ」

褒められたら褒め返すのがマナーよね。

公爵様は「ああ……」と短い返事をして目をそらした。

いつもの旦那様に戻ったのかしら？　などと思いながら、そこからは二人とも無言で馬車に揺られていた。

◇　◇　◇

いよいよお茶会だわ……

心臓をバクバクさせながら、公爵様とともに案内人のあとをついていく。てっきり皇帝陛下の宮でおこなうのかと思っていたけれど、側妃の宮に向かっているようだ。

「ようこそいらっしゃいました。ディバイン公爵、公爵夫人」

側妃はやはり妖精のように可憐で、今日もきらびやかな衣装をお召しになっている。

「ディバイン公爵は二年前のパーティー以来ですね」

「そうですか」

「私、ディバイン公爵に本日お会いできると思って、昨夜はドキドキして眠れませんでした」

「そうですか」

「相変わらず素敵です」

「そうですか」

公爵様、妖精に「そうですか」しか言わない塩対応だわ。妖精はそれでも負けじとアピールしているわね。鋼の心すぎませんか。

「あら、公爵夫人。そのドレス、とてもシンプルでお似合いですね！」

訳すと、そのドレス、とても貧乏くさくてあなたにはお似合いねってことよね。無邪気に悪意をぶつけてくるなんて……恐ろしいわ。

白目を剥《む》きそうな洗礼を受けたあと、お茶会の席へと案内される。そこにはチラホラと、昔見た覚えがある令嬢たちが座っていた。

「あら、イザベル様。お久しぶりですね」

突然話しかけてきたのは、三年前のデビュタントのパーティーで「ダサいドレスね！」と、遠慮なく言ってきた伯爵家の次女だった。

「ご機嫌よう」

別に仲良くもないし、暴言を吐かれたこともあるので、その一言で離れようとしたのだが、相手は「イザベル様は相変わらず、シンプルなドレスがお好きなのね」と話を続けようとしてくる。

なんだか困惑してしまうわ。

そもそも、この方は子爵家に嫁がれたと聞いたけど、何故先に話しかけてきたのかしら？　普通、身分が上の方から話しかけるのがルールなのだけど。それに、この方のお名前、なんだったかしら……。リリ……いえ、ララ……うーん、レ……違うわね。

「何故あなたから私の妻へ話しかけてくる」

名前を思い出そうと頭をフル回転させていた時だった。

突然腰を引かれたかと思うと、公爵様が一歩前へ出たのだ。

「旦那様……？」

「君は確か子爵夫人だったか？」

「ぁ、は、はいっ」

名前が出てこないこの方は、公爵様に話しかけられて顔を真っ赤にし、嬉しそうに返事をする。

「何故、子爵夫人が公爵夫人である私の妻に、先に話しかけたのだ。理解に苦しむのだが」

「っ……」

子爵夫人は自分のしたことに今更ながらに気付いたらしく、周りを見て青くなる。

「そ、それは、私は昔からイザベル様と仲が良く、つい気安く話しかけてしまったのです‼」

え、あなた、初対面で悪口を言ってきた上に、ほとんど会話もしたことないでしょう……⁉　それに、一度しか会ったことないのだけど……

「イザベル、そうなのか？」

「ぇ、いえ。三年前に一度デビュタントの際お会いしましたが、それ以降交流はございませんわ」

「そうか。……それで、ウェッティン子爵。貴殿の奥方は何故、交流のない私の妻に先に話しかけ、嘘を吐き、それを貴殿は止めないのか。説明してもらおうか」

「ヒィッ」

そうだわ。このお茶会は皆パートナーと来ているのだった。じゃあこの男性は、自分の妻の暴挙をずっと眺めていたのかしら……って、あら？　この男性も見覚えがあるわね……あぁ!!　この人、「色んな男をその身体で誘っているそうじゃないか。ならオレも楽しませてくれよ」って言い寄ってきた暴行未遂犯じゃない！　急所を蹴り上げて逃げたから無事だったけど、コイツ子爵だったの!?

公爵様が絶対零度の無表情で、子爵を追い詰めていた時だ。

「公爵、そこまでだ」

「……陛下」

声とともに、皇帝が現れたのである。

「折角、朕の側妃が開いた茶会を、些細《ささい》なことで台無しにしてくれるな」

「……帝国の太陽にご挨拶いたします」

皆が公爵様のあとに続く。

「うむ」と鷹揚《おうよう》に頷き、頭を下げる皆を見て愉悦に浸っている皇帝に、公爵様は言う。

「陛下、発言よろしいでしょうか」

「うむ。言ってみろ」

「先程、陛下は些細《ささい》とおっしゃいましたが、この規則を決められたのは皇室であり、これを守らぬ貴族は皇帝陛下を軽んじていることになりますが？」

「ぬ⁉」

公爵様がそう言うと、皇帝は顔を歪《ゆが》めて子爵夫妻を見る。

「そ、そんなことはございません‼　陛下を軽んじるなどそんな……っ」

「そうです！　私はイザベル様に話しかけただけで……っ」

子爵夫妻は必死に訴えるが、それは逆効果だわ。

「このように、陛下がお許しになっておられないにもかかわらず、この者らは陛下に語りかけておりますが、これは些細《ささい》なことでしょうか」

公爵様は皇帝の性格を知り尽くしているのだろう、上手く操《あやつ》り子爵夫妻を追い詰めていく。皇帝はまんまと口車に乗せられて……

「っ……この無礼者らをここから追い出せ！　二度と朕に顔を見せるでないわ‼」

「そ、そんなっ、ご慈悲を！　陛下っ、どうかご慈悲を……っ」

「いやぁぁぁ‼」

皇宮の騎士に引きずられていった子爵夫妻を、公爵様、側妃以外の皆が青い顔で眺めていた。

「皆様、ではお茶会を始めましょう。ね、陛下」

「うむ。朕はそなたが自慢する美味い茶が早く飲みたいぞ」

皇帝と側妃は何事もなかったかのように、笑いながらお茶会を始めようとしている。いえ、皇帝の目は笑っていない。

なにこれ怖い……

公爵様を見ると、彼も私を見ていた。若干顔が引き攣《つ》ったが、助けてくれたわけだし、お礼は言わないとね……

「旦那様、助けていただきありがとう存じますわ」

「いや、あれは横領を繰り返す阿呆どもだ。面倒な手続きを踏まずに処分できたのは幸いだった」

「まぁ、そうでしたの」

暴行未遂犯は、横領までしていたのね。

側妃はメイドにお茶を注がせると、ニコニコと笑いながら皆にすすめる。

「本当に美味しいお茶なのですよ」

そう言って笑う顔は妖精のように可愛いのだけど……

「どうしたディバイン公爵、側妃の茶が飲めぬのか？　ん？」

うわぁ……。わざとらしいわ。もう明らかに毒を仕込んでいます、と言っているようなものじゃない！

公爵様をチラッと見ると、瞬《まばた》きで返事をされた。ちょうどその時、皇帝の後ろから誰かが歩いてきた。なんて幸運なのかしらと心の中でガッツポーズをする。そして——

「あら？　あれはどなたかしら」

さりげなく声を出し、皆の注意を皇帝の後ろへと向けたのだ。もちろん皇帝も私の発言で後ろを向く。その隙に、私も公爵様もカップの中身を袖の中へと流し込み、なに食わぬ顔をしてカップを持ったまま皆と同じようにこちらへやってきた人を見たのだが……。

え……、な、なんで……っ、なんでこの人がここにいるの…………っ⁉

心臓がバクバクと音を立て、脂汗《あぶらあせ》がじっとりと滲《にじ》む。

あり得ない……っ、だって、だってこの人は……『悪魔』――

【オレは皇太子と契約した悪魔、『アバドン』。全てを滅ぼす者だ――】

【――アハハハ……ッ、アバドン、はやく……っ、はやく全てを滅ぼしてちょうだい！　こんな世界、いらないわ……っ、いらないのよ……！　全て消えてしまえ――】

『氷雪の英雄と聖光の宝玉』のイーニアス殿下と契約した悪魔『アバドン』。彼はイザベルをも唆《そそのか》し、破滅へと導いた。

アバドンは、普段は『タイラー子爵』として常にイーニアス殿下のそばにいる。タイラー子爵などこの世に存在しないにもかかわらず、悪魔の力でさも最初からいるように貴族たちを洗脳していたのだ。

この人もマンガと同じように、こげ茶の髪にこげ茶の目の、特徴のない顔をした三十代くらいの男だわ……

「なんだ。タイラー子爵ではないか。茶会の最中に何用だ。無礼だぞ」

やっぱり……っ、コイツが悪魔アバドンで間違いないのだわ……！

「陛下、申し訳ございません。エイヴァ側妃の容態が悪化しました」

「なに？　やっとか……」

なにやら声をひそめて話しているが、耳がいい私には聞こえてしまった。

エイヴァ側妃といえば、皇帝がオリヴィア側妃の前に寵愛されていた方だ。確か三年前から体調を崩しがちになり、半年前から寝たきりだとか……

今、「やっとか」って言ったわよね？　嘘でしょう……っ、もしかしてエイヴァ側妃も黒蝶花の毒を飲まされたんじゃ……!?

「皆、朕は所用ができたので席を外す。ディバイン公爵、側妃のお茶の味はどうだ？」

公爵様は、皇帝の言葉にすでに空になっているカップに口をつけ、飲むふりをする。

「香り高い茶葉ですね」

「うむ。美味いだろう。では皆、楽しんでくれ」

「あっ、陛下……っ」

皇帝は公爵様がお茶を飲む様子を満足げに眺め、笑みを深めて頷くと、オリヴィア側妃の声にはなんの反応も示さず、悪魔と足早に去っていった。

彼らの姿が見えなくなって、ようやく深く息ができた気がする。

でも、まだ心臓がバクバクいっているわ——

「……皆様、陛下が席を立たれてもお茶会は続きますよ」

にっこり微笑む側妃は、明らかにイラついている。けれど、私はそんな側妃の様子よりも、あのタイラー子爵のことが気になって仕方がなかった。

その後、話に花を咲かせる側妃たちだったが、私はお茶会もそっちのけで悪魔についてずっと考え込んでしまい、話を全く聞いていなかった。

「——ディバイン公爵夫人は噂どおり、華やかなことを好まれるのね」

マンガのタイラー子爵は、イーニアス殿下と契約していると言っていたけれど、イーニアス殿下はまだ子供。悪魔と契約なんてするわけがないわ。となると、何故あの悪魔が今、皇宮に存在するのか……

「女性の身でありながら、商売を始められたのですって？　とても行動力がおありになるのね」

もしかして、皇帝が契約したの……？

「オリヴィア様、わたくしもそのお噂を耳にしたことがございますわ。昔からイザベル様は、華やかなことがお好きなようですの」

でもそれだと、マンガとは全然違うわよね……

「まぁそうなの。それでは、ディバイン公爵も大変ですね」

「彼女は才女だ。（あなた方のような）常人とはそもそも頭の出来が違う。新素材を発見したり、子供たちのためにおもちゃを開発したり、領地の雇用改善、作詞作曲までこなしてしまう上に、誰よりも民のことを考えている。まさに、公爵夫人に相応《ふさわ》しい女性だ」

いえ、今の時点でマンガよりも十二年は前なのよ。もしかしたら、皇帝が先に契約し、後にイーニアス殿下が悪魔と契約したのかもしれないわ。

「それに、彼女が私にドレスやアクセサリーをねだったことなど一度もない（お前たちと違ってな）」

「ま、まぁ……。では、ご実家の財政状況を顧《かえり》みず、シモンズ伯爵に新しいドレスをねだっていたという噂は、嘘だったのかしら？」

「嘘ではありませんわ、オリヴィア様。わたし、実際にイザベル様がシモンズ伯爵にドレスが欲しいとおっしゃっていたのを聞いたことがありますもの！」

「……あなたは、子供の頃に父親にドレスをねだったことが一度もないのか？」

「え、それは、ありますが……」

「イザベルが父親にドレスをねだっていた年は、十三、四のはず。子供の頃のことだ」

「それは……っ」

「あなた方は、一体いつの噂話を話題にしているのか」

「っ……」

でも、マンガだと、皇帝はイーニアス殿下に黒蝶花の毒で殺されるはず。悪魔と契約した皇帝が毒で死ぬなんてあるのかしら？

「ディバイン公爵の言うとおりよね。情報が古かったみたい。そういえば、ディバイン公爵夫人はあまり社交がお得意ではなかったの？　今までどのパーティーでもお見かけしませんでしたけど」

「確かにお見かけしませんでしたわ。公爵夫人ですのに」

「人には向き不向きがありますもの。強要されては可哀想ですわ」

「ですが公爵夫人として、パーティーに出席すべきではありませんか？」

「妻は皇宮の晩餐会《ばんさんかい》にも出席しているし、茶会も開いている。公爵夫人としての社交は十分こなしている。そもそもあなた方は先程から私の前で妻のことをあげつらい、一体なにをしたいのか。オリヴィア側妃、いくらあなたが陛下の側妃とはいえ、ディバイン公爵家を愚弄《ぐろう》するような会を開いたことは、正式に陛下へ抗議させていただく」

「なっ⁉　いくらディバイン公爵であろうと、側妃様に対して無礼ではありませんか！」

「私は国には仕えていても、側妃の臣下ではない。このように妻と私を馬鹿にされたまま、この会にい続けることなどできようはずもない。もちろん、あなた方のご実家にも正式に抗議するので覚悟しておけ」

「ヒィッ」

うーん……、考えれば考えるほどわからないわ。

「イザベル！　退席するぞ」

「へ？　え、もうお茶会は終わりましたの⁉」

突然公爵様に腕を引かれ、周囲を見ると、皆が何故か青い顔をしている。一体なにが？

ちょ、公爵様、そんなに引っ張らないでください。

◆　◆　◆

「――どういうことよ……っ、イザベル・ドーラ・ディバインは、冷遇されているのではなかったの⁉　こんなの、聞いてない……！　ディバイン公爵は妻を避けているって、冷遇しているって言っていたじゃない⁉　なんであんなに怒っていたの！」

「まぁまぁ、オリヴィア側妃、落ち着いてください」

「うるさいっ、私を側妃と呼ばないで‼」

「これは失礼いたしました。オリヴィア様」

「話が全然違うじゃない！　おかげで恥をかいたわっ」

「おやおや？　私が仕入れた情報では、ディバイン公爵は結婚式当日から奥様を無視し、一切触れようともしないということでしたがね。領地にしか間者を潜《もぐ》り込ませていなかったので、帝都でなにかが変わったとしか考えられませんねぇ」

「っ……なによそれ！　だったら帝都のタウンハウスにも間者を潜《もぐ》り込ませなさいよ！　古い情報なんて意味がないでしょう⁉」

「う～ん、それが難しいのですよ。領地も、邸内に間者を潜《もぐ》り込ませるのが無理だったので、業者を装《よそお》って情報を探らせただけですし、今は何故かその手も使えなくなりました。タウンハウスの使用人も、最近はより一層口が堅いようですね～」

「じゃあどうするの⁉　いきなり現れた伯爵家出の女に、私が築き上げてきた社交界の立場を横取りされろとでも言う気⁉」

「アハハッ、なにをおっしゃっているのですか。あなたは次期皇帝になるお方を産むのでしょう？社交界の立場など、いくらでも取り戻せるではありませんか」

「……そう、そうよね。私は国母になるのだもの……」

「そうそう」

「…………ねぇ、私は本当に男の子を産めるのよね？」

「もちろんです。あなたが私に、――を捧げるのならば、約束は違えませんよ」

「わかっているわ。私は一番になりたいの。そのためなら、なんでもするわ……」

◆　◆　◆

「旦那様……」

「なんだ」

「あの、マジックは上手くいきましたし、もう講義もしておりませんのに、どうしてわたくしたちは一緒にお茶をしているのでしょう？」

マジック講義のためにアフタヌーンティーをともにするようになったのだけれど、側妃のお茶会は終わったし、もう続けなくてもいいのでは？　と首をひねる。

そう、私たちは何故かあれからことあるごとにお茶の時間をともに過ごしているのだ。

「お茶をすることで適度に休めて仕事の効率が上がる」

「はぁ……。なにもわざわざ苦手な女性と一緒になさらなくても……」

「屋外用のソファは私も気に入っている。……それに、君は苦手ではない」

公爵様がガゼボまで作って置いてくれた屋外用ソファは、私やノアどころか、今や公爵様まで魅了しているようだ。リゾートガーデンをイメージして作った甲斐があったわ。でも――

「いつの間にか、女性嫌いを克服されたのですか？」

「………いや、君だけだ」

あら、今のはまるで愛の告白みたいだわ。こんな見目麗《みめうるわ》しい方にこんなことをおっしゃっていただけるなんて、女冥利に尽きるわね。といっても、公爵様が告白なんてするはずないけれど。

「ビジネスパートナーとして認めていただけたということでしょうか？」

「………」

違うみたい。もしかしたら、毎日お茶をご一緒していたから私の存在に慣れたのかもしれないわね。

晴れ渡る空の下、心地よい風を頬に感じながら、お茶に視線を落とす。

こうしてボーッとする時間ができると、どうしてもあの悪魔のことを思い出してしまうわ。

「あの、旦那様……」

「どうした」

側妃のお茶会から三日が経っているが、私は未だ、あの悪魔について公爵様になにも伝えられていない。

下手に伝えると、公爵様自身が危険にさらされるかもしれないし……

「イザベル、なにか言いたいことがあるのだろう」

「ぁ……」

どうしたらいいのかしら……。これを伝えたら、この人は絶対あの悪魔のことを調べようとするわ。だけど悪魔に人間が勝てるの？　どんな能力を持っているかもわからないのよ……

「君がなにを躊躇《ためら》っているのかわからないが、一人で抱え込むよりは、私に話した方が解決策が見つかる可能性は高いと思うが？」

それは……、そうかもしれないけれど……

「……あの、先日陛下を呼びに来られた方……」

「タイラー子爵か。彼がどうかしたのか？」

「……ありません」

「なんと言った？」

「貴族名鑑に、タイラー子爵家など存在しませんの！」

言ってしまったわ……

けれど公爵様は呆れたような顔をする。

「そんなわけはない。タイラー子爵家は代々皇帝に仕える名家だ。私は昔から知っている」

やっぱり、公爵様も洗脳されているのだわ。

「……ウォルト、十年分の貴族名鑑を持ってきてくれる？」

「かしこまりました」

「イザベル、なにを言っている……」

お茶会から帰ってきてから、念のため十年分の貴族名鑑を調べたのよね。その中には、やはりタイラーなんて家はなかったわ。

「奥様、お持ちしました」

貴族名鑑は毎年発行されているのだが、貴族の数はそこまで多いわけではないので、十年分でも三十冊程度しかない。とはいえ、三十冊も運ぶのは大変だっただろうと思いつつウォルトを見ると、後ろに二人、使用人がいた。

それはそうよね。一人で運ぶわけがないわ。

「旦那様、まずは最新の名鑑ですわ」

ウォルトたちから受け取り、最新の貴族名鑑を開く。アルファベット順に並んでいるのでわかりやすい。

「記載がない……。馬鹿な……記入ミスか？」

洗脳されている公爵様には記入ミスに思えるようだ。

「では、過去の名鑑を全てご覧ください」

「――どういうことだ……っ、タイラー子爵家が存在しないだと!?」

いくら悪魔でも、記録されているものを改変することはできないのか、それともわざとそうしているのかわからないが、どこを探してもタイラーという名はなかった。

「わたくし、公爵家に嫁ぐまで社交はほとんどしていませんでしたから、貴族家についてあまり詳しくありませんでしたの。なので、ウォルトに頼んで貴族名鑑を読み漁っていた時期がございましたのよ」

これは本当だ。何百年も前の貴重な名鑑から現在のものまで、毎日読み漁っていた。

「それで、先日聞き慣れないお名前を聞いて調べてみましたの。そうしたら……」

「名前が載っていなかったのだな……」

「はい」

公爵様は真っ青なお顔で貴族名鑑を睨んでいる。

「『洗脳』か……」

「……そのようですわ」

「こんな特異魔法は、高位貴族であっても使い手は限られているはずだ」

生活魔法や、火と水、風、土以外の属性の魔法を特異魔法と呼ぶが、その使い手は現在、高位貴族の中でしか存在が認められていない。さらにいうと、『洗脳』という魔法など聞いたこともない。

そもそも特異魔法を使用できる者は、危険なことに巻き込まれないよう、能力を隠すことがほとんどだ。つまりどのような魔法があるか、把握できていないといった方が正しいだろう。

「それは……わたくしにはわかりませんわ」

悪魔だから、とはさすがに言えないものね。

「高位貴族、もしくは皇族の……血を引いている可能性があるということか……。しかし、すでに皇帝の側近として我が国の内部に深く入り込んでいる。私ですら洗脳されていたのだ……」

「……それと、先日のお茶会で、陛下とタイラー子爵の会話が聞こえてしまったのですが……」

「なんだと」

なんで睨むの⁉　怖いですよ！

「エイヴァ側妃の容態が悪化したと報告するタイラー子爵に、陛下は……『やっとか』と返事をされていたのです」

「エイヴァ側妃……。確か三年前に体調を崩されて以降、なかなか回復しないと聞いていたから疑問には思っていたが……」

「何故疑問に思われていたのですか？」

「妾《めかけ》ならまだしも、側妃になる場合、健康状態は厳しくチェックされる。なんの問題もないことが確認できて、初めて側妃となれるのだ」

「では、やはりエイヴァ側妃は黒蝶花の毒を盛られたのでしょうか」

「その可能性が高いだろう。だが、陛下はエイヴァ側妃を寵愛していたはずだが……」

公爵様は難しいお顔で黙ってしまわれた。

その時、ウォルトが口を開いた。

「旦那様、エイヴァ側妃が皇宮に入られたのは五年前。……確か皇后様がイーニアス殿下を身籠《みごも》られた時期です。その二年後にエイヴァ側妃が懐妊されて、流産されたとか。それ以降体調を崩されていると聞いたことがございます」

ウォルトが、「口を挟んでしまい申し訳ありません」と言うが、むしろ知っていることはどんどん教えてもらいたい。

「そうだったか……？　そう言われてみればそうだったような……」

おかしいわ。この公爵様が、そんな重要なことを忘れるはずはない。

「旦那様、もしかして……、そのあたりを忘れるようにも洗脳されたのではありませんか」

「っ⁉」

私がそう言うと、公爵様が目を見開いてこちらを見た。

「側妃の流産ですよ。そんな大事《おおごと》を旦那様が忘れるなどあり得ませんわ」

「……そうだな」

公爵様は、自身の状況に危機感を覚えたらしく、顔色が悪い。

「旦那様、タイラー子爵は得体が知れません。洗脳という特異な魔法を使用している可能性も高く、調査をするのもリスクが伴うと思いますわ」

悪魔に対抗できるなにかが必要だわ。それが見つかるまで、下手に動けない。

「しかし、すでに皇帝陛下は奴の手に落ちていると見て間違いないだろう。奴の正体を早々に暴かねば、この国は終わる」

「いえ、タイラー子爵が現れたのがいつ頃かはわかりませんが、エイヴァ側妃が黒蝶花の毒を盛られて体調を崩されたのなら、少なくとも三年前には存在していたはずです。黒蝶花は皇族しか入れない場所にあるのですから、その頃にはすでに国王陛下は洗脳されていたということでしょう。洗脳という特異な魔法を持っているとしても、三年経っても国は存在し、派閥もあります。ということは、相手もすぐには動けない理由があるのではないでしょうか？」

「……それは、あくまでも推測だろう。確証がなければ、こちらが動かない理由にはなり得ない」

そんなこと言われても……。やっぱり話すべきではなかったのかしら。

「旦那様、奥様のおっしゃるとおり、下手に動くのは危険です。相手の能力が本当に洗脳なのかも定かではございませんし、他になにかあるかもしれません」

「だからこそ調査する必要があるだろう」

「もし、その調査で奥様に危険が及ぶようなことがあれば、どうなさるおつもりですか」

「っ……」

そうだったわ。私が危険に陥《おちい》ると、旦那様のお命も危うくなるのだったわ。そういう魔法契約を結んだのだった。

「ここは慎重に行動せねばなりません。まずは、タイラー子爵の魔法が本当に洗脳なのか、また、洗脳という魔法がどのようなものなのか……。特異魔法については私がお調べしますので、旦那様は決して危険な真似はしませんよう、お願いいたします」

私もうんうんと頷く。さすがウォルト、頼りになるわ。

「ウォルト、決してタイラー子爵に気取られてはなりませんわよ」

「承知しております」

「洗脳という魔法を直接調べるのもダメ。あくまで特異魔法を調べてちょうだい。その過程で洗脳を見つけてしまうのは仕方がないわ」

「かしこまりました」

ただ、悪魔の能力だから、それが魔法として存在しているかはわからないけれど……

悪魔か……。領地に帰って教会に行ってみるのもよさそうね。

第四章　教会

「ノア、今日はお母様と教会に行ってみましょうか」

「きょーかぃ？」

「そう、教会よ」

悪魔と対になるところといえば教会だろう。

無事、領地へと帰ってきた私は、曇り空というあいにくの天気の中、愛息子と教会に行ってみることにした。何故帝都ではなく領地の教会に行くのかというと……帝都の教会はすでに悪魔に落とされている可能性があり、怖くて行けなかったというのが本音だ。

「おかぁさま、きょーかぃ、なぁに？」

「う～ん……、教会はね、神様にお祈りをするところかしら」

前世では、神社に行ったことはあるものの、宗教とはほぼ無縁だった私にとって、教会の敷居をまたぐのはなかなかにハードルが高い。

この世界の信仰では、この世には創造神がいて、その創造神が自然やものに宿る神や精霊を創ったといわれている。魔法も神の祝福なのだとか。だからなのか、特に、火、水、風、土、光、闇の神々は創造神とともに信仰されている。

ちなみにディバイン公爵家は水と風の二神に愛されている家らしく、タウンハウスにも領地の邸宅にも、二神の像が飾られている部屋がある。教会ではもちろん創造神が祀《まつ》られており、その下にいる六神の像も祀《まつ》られている。

貴族は五歳になったら帝都もしくは自領の教会で『祝福の儀』という、前世でいう七五三のような儀式をしてもらうのだが、不思議なことにその儀式を終えると皆、魔法が使えるようになるのだ。

「ノアは領地での外出は初めてね。まずは神様にご挨拶しましょうね」

「はぁい！」

もちろんノアと外出する許可は、公爵様にあらかじめ貰っているわ！　そう、ついに可愛い息子とお出かけできるようになったのよ！

とはいえ、ノアはまだ四歳なので祝福をしてもらいに行くのではなく、寄附という名目で赴《おもむ》くのだが。

当然、真の目的は、教会内にある資料の調査だ。

もしかしたら、悪魔のことがなにかわかるかもしれないわ……

——馬車にガタゴト揺られやってきたのは、ディバイン公爵領で最も大きい教会だ。白を基調としたゴシック建築の美しい大聖堂は、ディバイン公爵家の邸宅よりは小さいが、高くそびえる双塔や通路、繊細な彫刻など芸術性が高く、圧倒される。

「ディバイン公爵夫人、公子様、ようこそいらっしゃいました」

迎えに出てきた神官に案内され、アーチ状の中央通路を通って、主祭壇がある聖堂へと入る。聖堂の内部も外観同様ゴシック様式で、天井に程近い窓からは外の光が差し込んでおり、なんとも荘厳で神々しい雰囲気だった。

心なしか空気が澄んでいる気がするわ。

神社の敷地に入った時の、あのひんやりとした空気に似ている。

「さぁ、ノア。ここでお祈りをするのよ」

創造神と六神の像の前に立ち、ノアを促《うなが》す。

「おいのり？」

私を見上げ首を傾げるノア。なんて可愛いの！　天使の生まれ変わりかしらと頬を緩める。

「神様、いつも見守っていただきありがとうございますって言うのよ」

「かみしゃま、いちゅもみまもっていちゃらき、ありがとごじゃいます！」

と噛み噛みになってしまったにもかかわらず、ドヤ顔をして像に向かっている息子。

可愛いわ〜!!

ほっこり癒やされていたら、なんだかノアがキラキラと光っているように見えて、目をこする。

窓からちょうど日が差しているからかしら？　でも、今日は曇りだったような……

ノアは銀髪だし、天使だし、可愛いからきっと輝いて見えるのだわ。

半ば強引に納得し、私もお祈りを済ませる。

その後は聖堂を出て、案内してくださる神官について回廊を進む。突き当たりにある部屋の前で、神官が歩みを止めるとノックし、恭《うやうや》しく扉を開いて、「どうぞお入りください」と促《うなが》した。

恐る恐る部屋へと足を踏み入れる。もちろん護衛とミランダ、ノアの専属侍女であるカミラも一緒だ。

「ディバイン公爵夫人、ようこそおいでくださいました」

部屋の中にいたのは、立派な白髭《しろひげ》を蓄《たくわ》えた老人で、聖職者の中でも高位の者しか身につけられない、ローマ法王のような服を着ていた。彼が、この教会の司教だろう。

「司教のガブリエーレと申します」

「お初にお目にかかりますわ。わたくしはイザベル・ドーラ・ディバインと申します。この子はわたくしの息子の」

「ノア・きんばりぃ・でぃばいんと、もうちます」

くっ、やっぱり何度見てもノアの挨拶は可愛いわ。

「これはこれは、可愛らしい公子様ですね」

ホホッと笑う司教は、まるでサンタクロースのように朗らかで、好感が持てる。

「それで、ディバイン公爵夫人は教会の資料にご興味がおありなのだとか」

「はい。こちらに貴重な資料があるとお聞きし、是非拝見させていただけないかと参りましたの」

「ホホッ、若い女性に興味を持っていただけるとは嬉しい限りですな。どうぞお好きなだけご覧ください」

「まぁっ、ありがとう存じますわ」

よし！　これで悪魔について調査できるわっ。もちろん結構な額の寄附金も払いましたわよ。

◇　◇　◇

【創造神ははじめに空と大地を創り、空には神、大地には精霊を創造した。次に海を創り、山を創った。そして、人間が生まれた。人間が生まれると、善の心と悪の心を持つ者が出てきた。悪の心を持つ者から悪魔が生まれ、悪魔は魔物を創り出した。それに対抗し、精霊は妖精を創り出した】

これが一般的に知られている創世記だ。これを信じるのなら、悪魔は元人間だったと考えられる。そして、善の心を持つ者が……『聖者』である。

『聖者』とは、光魔法の使い手。すなわち、治癒、浄化などの特異魔法の使い手のことだ。そして、それを使えるのはこの世でただ一人、『フローレンス』。『氷雪の英雄と聖光の宝玉』のヒロインという設定だった。

「やっぱり、フローレンスが成長するまでは悪魔には対抗できないのかしら……」

……あら？　ちょっと待って。フローレンスは確か平民よね？　でも特異魔法を使える……？

特異魔法や攻撃魔法は高位貴族のみに受け継がれるもののはず。魔法だって、教会の「祝福の儀」を受けないと使えない。それも、裕福な平民か貴族でないと受けられないのよ？　何故平民のフローレンスが、特異魔法を使えるようになったの？　それに、悪魔。悪魔が元人間だと仮定したら、洗脳という能力は魔法ということになるわよね。だとしたら、悪魔も教会の祝福の儀を受けていることになるわけで……しかも高位貴族の血を引いている可能性がある……？　待って、待って！　フローレンスと悪魔は、どちらも高位貴族の……。いえ、これはあくまで仮定の話よ。悪魔が元人間というのも突拍子もないことだし、そもそも創世記が本当かどうかも怪しいものね。

おかしな想像は振り払い、他の資料を調べるが、悪魔について載っているものはどうやらないらしい。

もしかしたら秘蔵書扱いで、司教しか見られないのかもしれないけれど……。さすがに見せてもらえないわよね。でも、聖者についてはいくつかわかったもの。上出来よ。

手元にある資料の文字を指でなぞりながら声に出す。

「光魔法の使い手は、妖精との親和性が高い。そのため、一般人には見ることができない妖精を見ることができ、その力を借りることができる……ね。もしかして、光魔法の使い手だけでなく、高位貴族の特異魔法や攻撃魔法の使い手は、妖精に力を借りている可能性があるんじゃないかしら」

もしかしたら魔法全般、妖精の力を借りているのかもしれない。

特殊な魔法の使い手が高位貴族の一部にのみ現れることを考えると、たとえば、先祖が力の強い妖精となんらかの契約を交わしたとか……。もし教会の祝福が、力の弱い妖精との契約だと考えれば、祝福の儀を受けた者が魔法を使えるようになることも納得がいく。

そうだとすると、もしかしたら妖精にも属性があるのかもしれないわね。たとえば、私が光属性の妖精と契約すると、悪魔を倒せるんじゃ……

「いえ、見えないから無理だわ」

「奥様、手元が見えにくいようでしたら、もう一つ明かりを灯しましょうか？」

私の独り言を聞いたミランダが、本が見えにくいと勘違いしたようだ。

「あ、大丈夫よ。……そろそろ帰らなくてはね。ノアは退屈していないかしら」

「ノア様は教会を見学なさっています。カミラと護衛が付いておりますのでご安心ください。そろそろ戻ってくると思いますが……」

ミランダが言ったそばから扉が開き、ノアがそぉっと顔を覗かせた。私を見つけ、「おかぁさま」と嬉しそうにやってくる。走らないよう気を付けているところもほっこりするわね。

「ノア、教会の見学は楽しかった？」

「たくさーん、『え』、みたのよ」

両手を上げて、たくさんを表現する息子に笑みが漏れた。

「まぁ、どんな絵を見たのかしら」

「かみしゃまのえ！」

どうやら、神々が描かれた絵画を見てきたようだ。教会は美術館のように絵画がたくさん飾られた部屋がある。きっと、そこに行ったのだろう。

「そう、良かったわね」

ノアを抱き上げ膝に乗せる。

「おかぁさま、ごほんよんだ？」

「もう読み終わったわ。待たせてごめんなさいね」

頭を撫でたあと、「お家に帰りましょうか」と膝から下ろす。

するとノアが私にねだるように、言った。

「おかぁさま、おみせいくのよ」

思わずカミラを見た。ノアは一体、どこのお店に行きたがっているのだろうか。

「ノア様は、奥様のお店に行きたいようです」

「わたちね、しゅべりだい、しゅ、するの！」

領地にある『おもちゃの宝箱』本店にも、あの巨大滑り台があると思っているのね⁉

「ノア、こっちのお店に滑り台はないのよ」

「……ない？」

「あの大きな滑り台があるのは、帝都のお店だけなの」

「しゅべりだい……ないの……」

今にも泣きそうな顔をするノアを慰《なぐさ》めようとしたのだろう、侍女のカミラが顔の前で手を振ってみたり、いないいないばぁをしてみたりと、コミカルな動きをする。しかし、残念ながらどれも効果はなかったようだ。

「ノア、すぐには作れないけれど、お母様はお父様から皆が遊べる場所に滑り台を作りなさいってお願いされたのよ。だから、もう少しだけ待っていて」

「おとぅさま……？　しゅべりだい、できる？」

「ええ。それまでは、おうちにある滑り台やブランコで遊びましょうね」

「はぁい！」


「――お姉様！」

公爵家へ戻ると、弟のオリヴァーが応接間でお茶を飲んでいた。オリヴァーはすぐに立ち上がり、そばにやってくる。

ええ!?　なんでオリヴァーがここにいるの!?

「オリヴァー、あなたどうしたの？」

「おじさま！」

ノアがオリヴァーに抱きつくと、オリヴァーはノアを抱き上げ、久しぶりと声をかけている。

「お姉様、先触れもなく申し訳ありません。とにかく急いで来たので……」

ノアを下ろし謝罪をするオリヴァーに、一体なにがあったのかと心配になる。

「前にお姉様が手紙をくださった中に、パブロの木の樹液と、あるものを組み合わせるとどうなるか実験してほしいとありましたが、その結果を報告しに参りました！」

まさか……っ、アレができたの!?

「こちらが実験の結果です。想像以上のものができましたよ！」

オリヴァーはコトッと音を立て、その素材が入っていると思われるケースを机に置く。そして、ニヤリと笑い、ケースをゆっくりと開いた。ケースから出てきたのは——

「お姉様がおっしゃっていた、『ごむ』です!!」

ついに、できたのね！

「お姉様の言うとおり、パブロの木の樹液と硫黄《いおう》を混ぜることにより、素材の硬さを変えることに成功しました。しかも、硫黄《いおう》の分量により、硬さの度合いも変わっていくことがわかったのです！」

オリヴァーが持ってきたケースには、硫黄《いおう》の分量をそれぞれ変えて作ったという素材のサンプルが入っていた。

あら？ゴムというよりは、ペットボトルのような柔らかさのものもあるのね！こっちはスライムのような柔らかさなのに、千切れないわ。不思議な感触……

風船のようなものや、まさにゴムのように伸びるものもある。

「ただ、硫黄《いおう》だけでは弾力性はあまり出せず……、これもお姉様のおっしゃった炭を混ぜることで解決しました！」

この黒い素材が炭を混ぜたものね。地球でいうタイヤみたいな色……

試しに机の上に落としてみると、ゴムボールのように跳ねた。

でも……

「色は黒のみなのかしら……」

「お姉様のことだから、そう言うと思い、炭を混ぜたものに熱を通してみたのです。そうしたら」

オリヴァーは得意げにポケットから指輪ケースくらいの小箱を取り出し、プロポーズをするかのようにその小箱をパカッと開ける。

「不思議なことに、透明になったのです」

小箱の中から、ピンポン玉サイズの透明なボールが現れた。

「まぁ！　ということは、色をつけることも可能なのね!!」

「はい。何色でも可能ですよ。この『ごむ』は、あらゆるものに使用できる素材です。これは、産業革命ですよ！」

オリヴァーったら、ゴムを少し誤解しているわ。このままだと、この世界では柔らかい新素材が全てゴムということになってしまいそう。

「お姉様、早速ですが、子供用のストローは柔らかいものに変更しましょう。次の納品分の生産からそのように指示を出しました」

「オリヴァーは優秀ね！　さすがわたくしの弟だわ」

今のストローは硬いから、私としても納得がいってなかったのよね。

褒めるとオリヴァーは耳まで赤くして「と、当然です」と答える。とても可愛らしい。

「それと、このゴムで色々作ってもらいたいものがあるの。あとで設計図を渡すからお願いできるかしら」

ゴムができた時のためにと、あらかじめ設計図を作ってもらっておいて良かったわ。

ちょうど公園を作るつもりでいたし、いいタイミングだった。これで、作れるものの幅が広がるわね！

そのあと小一時間、ゴムの話で盛り上がったのだけど、ふと、学生のはずのオリヴァーがディバイン公爵領にいることが気になった。

「ところで、オリヴァー。あなた、帝都の学校にはきちんと通っているの？」

「もちろんです。今回は長期の休みを利用して帰ってきましたが、すぐに帝都に戻る予定です」

この世界は馬か馬車、徒歩しか移動手段がないのに、そんな弾丸スケジュールで……。成長期なのに、移動時の負担で骨に異常が出ないかしら。心配だわ。

「わたくしのせいで忙しくさせてしまっているのね……。ごめんなさい。オリヴァー」

「まさかっ、お姉様のせいではありませんし、忙しいのは我が家にとって嬉しいことです！　それに、お義兄様は我が家の使用人まで手配してくださいました。とても助かっているんですよ」

公爵様、私の実家に使用人を手配してくださったのね。初めて知ったわ。

「お父様の補佐ができる方など伯爵領にはいなかったですから、信用できる人を紹介してくれて助かりました」

「そうだったのね……」

「僕も早く領地に帰って手伝いたいのですが、まだ学生だからといって、お父様もなかなか手伝わせてくださらないし。だから、お姉様が僕を頼ってくれるのが嬉しいんです」

なんていい子なの……！

「オリヴァーは優秀な子だもの。ついつい頼ってしまうわ。それに、新素材の実験を任せられるのはあなたしかいないの」

「っはい！」

反抗期だと思っていたけど、最近、本当に素直になったのよね。やっぱり、前世の記憶が戻る前の私は我儘《わがまま》が過ぎたのかしら。我儘《わがまま》な姉だと反抗したくもなるわよね。

「オリヴァー、いつまでこっちにいられるの？」

ゆっくりできるなら、まずはオリヴァーの使う馬車にタイヤをつけたいのだけど。

「明日には実家に帰って、各担当者と話を詰め、その後帝都に戻ろうと思っています」

やっぱり弾丸！　タイヤは無理そうね……

「そう……。もうすぐあなたの誕生日だし、お祝いしたかったのだけど……」

「あ、そうでしたね。忘れていました」

自分の誕生日を忙しすぎて忘れるなんて、ブラック企業で働いているみたいよ！　そもそも私が無理をさせているのだ。なんて酷い姉なの！

「オリヴァー、やっぱりあなたにこれ以上負担はかけられませんわ」

「お姉様？」

「自分の誕生日も忘れるなんて、わたくしがあなたに頼りすぎてしまったからこそ起こったことなんだわ」

「え？　いえ、僕が好きでやっていることですから」

「いいえ。さっき言った設計図は、わたくしがお父様にお手紙でお伝えします。今後はできるだけあなたに頼らないようにしますわ」

「そんな……っ、お姉様！　僕からこんな楽しいことを取り上げないでください‼」

「ダメよ！　十三歳の子が自分の誕生日を忘れるなんて言語道断ですわ！」

「わ、忘れませんっ、今後は絶対忘れませんから……っ」

サンプルのケースを取り上げ、騒いでいると——

「お二人とも、なにをしていらっしゃるのですか」

突然、氷の如き冷たい視線と声をぶつけられた。

「「サリー！」」

実家の侍女であるサリーの冷たい表情に、思わず震えが走る。

「仮にも公爵夫人と伯爵家の次期当主が、扉の外にまで聞こえるような声を上げて騒ぐなど、お二人を調教……いえ、教育してきた身として、サリーは恥ずかしくて旦那様に顔向けできません」

今、調教って言ったわよね？

「そ、そうですわね……。はしたないことをしてしまいましたわ。ごめんなさいね。オリヴァー」

「僕も……すみませんでした」

別に喧嘩をしていたわけではないが、なんとなく謝った方がいい気がして謝罪する。オリヴァーもなにか感じ取ったのか、同様に謝ってくる。オリヴァーに頷きを返したあと、サリーを見た。

久々に会うサリーは、相変わらずなにを考えているのかわからない無表情だ。

「先程から聞いておりましたが、お嬢様はオリヴァー様がご自身の誕生日を忘れるほど新素材の実験や仕事に没頭していることに、懸念を抱いておられるのですよね」

「ええ。学生なのに、わたくしが仕事を丸投げしてしまったのがいけなかったと反省しているわ」

サリーは次にオリヴァーを見る。

「オリヴァー様は新素材に、ご自身で関わりたいと思っていらっしゃるのですね」

「ああ。僕は新素材を研究することが好きだし、なにより伯爵領のためになにかしたいんだ」

ウチの弟、なんてできた子なの！

「であれば、問題ございません」

「「え？」」

サリーの言葉に、私たち姉弟は同時に首を傾げる。

「オリヴァー様が十四歳になったら補佐が付くことになっておりますので、細々とした仕事はその方にお任せすればよろしいのです」

「「補佐？」」

「はい。ディバイン公爵家がご紹介くださいました。お父上が一代限りの男爵で、現在は平民ですが、とても優秀な方だそうです。お名前はドニーズさんとおっしゃるそうです」

そうなのね。それは良かったわ。

「確か、二歳になる娘さんがいらっしゃるそうですよ」

◇　◇　◇

「――次は夏季休暇の時になりますが、今回よりは長い休みなので、また遊びに参ります」

「ええ。待っているわ……無理はしないのよ」

「はい、お姉様」

翌日、急いで領地へと帰っていく弟を見送った。遠ざかっていく馬車を眺めて、溜め息を吐く。

オリヴァーの誕生日をお祝いできなかったのは残念だけど、帝都の寮にプレゼントをたくさん贈ってあげましょう。

あっという間に見えなくなった馬車にもう一度溜め息を吐き、邸《やしき》へと入ったのだが――

「サリーの言っていたオリヴァーの補佐の人……なんだか引っかかるのよね……」

ドニーズ、……そんな名前の知り合いはいないはずだけれど。

「奥様、先程から唸っておられますが、どうかなさいましたか？」

「ミランダ……。いえ、胸になにかがつかえるような、そんな大事ななにかがあった気がするのだけど……それがなんだったか思い出せないのよね」

「もしかしたら本日のご予定ではありませんか？　本日は例の公園の件で、絵師のアーノルド様と、建築業者のイフ様、そして当家の庭師長であるアダンと会議をされるとのことですが」

ミランダが今日のスケジュールを教えてくれるが、残念ながらそのことではない。が――

「そうね。今は公園作りに集中しなければね」

オリヴァーの補佐のことも、悪魔のこともあるけれど、頭を切り替えなくてはいけないわ。

「折角公爵様が任せてくださった事業だもの」

それに、オリヴァーが夏に来る時に、補佐の方も一緒に来るかもしれないわ。そうしたら、このもやもやの正体もわかるでしょう。

◇　◇　◇

「――なので、公園は二ヶ所に作りたいのですわ」

公爵家の応接間で、護衛とミランダも同席した状態で、会議を始める。

本日は公園の構想を形にしていく、要《かなめ》となる最初の会議だ。

「同じ施設を二ヶ所ですか？　いくら貴族街と庶民街とはいえ、同じ施設が近場に二ヶ所も必要なのでしょうか？」

「確かに。公園ってなぁ一つありゃあ、あとは誰でも……庶民でも貴族でも好きに行っていいもんだろ？　庶民街に一つ作りゃあ十分じゃねぇか？」

絵師のアーノルドさんと大工のイフさんがそれぞれ意見を出すが、一つじゃダメなのだ。

「いいえ、庶民街に一つ作ったとして貴族が行くかといえば、それはあり得ないことですわ。貴族街に公園を作った場合もまた、庶民の皆様は行きたがらないでしょう」

「まぁ、確かに……」

どちらか一方にだけ作れば、庶民は貴族と、貴族は庶民となんらかの問題が起こると思って公園自体を敬遠するだろう。それに――

「庶民街と貴族街の公園は全く同じものを作るわけではございませんの」

「そりゃ、どういうことだ？」

イフさんが困惑したように私を見る。イフさんも忙しいのだ。この計画が街のためになると思わせなければ、気持ちよく協力してくれないだろう。

「庶民の求めているものと、貴族の求めているものは、当然ですが違いますわ」

「生活が全然違うんだからそうだろうよ」

「だからこそ、公園も異なったものにすべきなのですわ」

ミランダにアイコンタクトをし、資料を机に運んでもらう。

「イザベル様、その内容を詳しく教えていただいてもよろしいでしょうか」

絵師アーノルドさんが興味津々という感じで身を乗り出してくる。こちらに届くわけもない距離なのに、つい身体を仰《の》け反《ぞ》らしてしまった。

絵師様って、色んなことに興味を持つのね。そうやって発想力を養っているのかしら。

「……わたくしは貴族ですし、もし公園があれば、風光明媚《ふうこうめいび》な景色を、ゆっくり見て回りたいと思います。もちろん途中で休憩できるような場所も欲しいですわ。だってドレスにヒールですもの。それと、子供には元気よく遊んでほしいですが、木登りは危険なのでしてほしくありません。ですがイフ、あなたは違うでしょう？」

「ん？　ああ。俺ぁ花には興味ねぇし、子供にゃ木登りでも追いかけっこでもなんでもさせてやりてぇよ。別にそんなもん危険でもなんでもねぇだろ」

「このように、意見が少し違いますわよね」

「そうですね」

私とイフさんの意見の違いに頷くアーノルドさん。

「ですから、貴族街の公園は、令嬢がドレスでも歩けるよう道幅は広く歩きやすく、そして公爵家の庭のように季節の花が咲き誇り、それを眺められる休憩用のガゼボをいくつか作るといいと思いますの。子供たちの遊具は滑り台や箱型ブランコが中心かしら」

ゴムができたから、他にも作りたいものはあるけれど。

「なるほど。では庶民街の公園はどうなさるおつもりですか？」

「庶民街には、たとえば健康器具などを置いて身体が鍛えられるようにしたり、子供たちのためにアスレチックのような身体を動かす遊具を中心に設置したらいいと思いますわ。休憩場所もガゼボではなく、ベンチの方がいいのではなくて」

健康器具のある公園は日本にもあったわ。おじいちゃんやマッチョな人たちが、それで身体を鍛えていたものね。

「イザベル様、『けんこうきぐ』と『あすれちっく』とはなんでしょうか？　今のお話から身体を動かすものだということはわかりましたが」

「ああ、それは……」

資料の中にあった健康器具とアスレチックの絵を取り出す。

私が描いたものだけれど、絵のプロに見せるのは何度経験しても恥ずかしいものね。

「まず健康器具なのだけど、これはストレッチや軽い運動ができる遊具ですの」

ロッキングボードやフットストレッチ、ホッピングやアーチポールなどの絵を見せつつ説明をする。アーノルドさんは、「見たことのない、斬新なデザインの遊具ですね！」とデザインの方に興味を移している。一方イフさんは、「こりゃすげぇ。ぶら下がって身体の筋を伸ばすのか。……こっちは足を広げて……なにしてんだ？」と感心したり首を傾げたりしている。

「奥様、これはわしら年寄りには難しそうですが……」

庭師長のアダンは六十代。そこまで年というわけでもないのだが、足を広げたり、ポールにぶら下がったりしている絵を見て、自分にはできないかもと思ってしまったらしい。

「そんなことはありませんのよ。七十歳、八十歳の方でも使用できる造りですし、お年を召した方にこそ、ストレッチや筋力を鍛える大事さを知ってほしいのですわ。この健康器具を使用して、将来的には領民の健康寿命を延ばす、というのが設置の主な目的なのですもの」

実際、前世では公園に設置された健康器具を、多くのお年寄りが使用していた。前世よりもこちらの世界の人たちの方が運動能力が高く、体力もあり、力も強いので、十分活用してもらえるだろうと考えている。

「健康……寿命？」

アダンもイフさんも、アーノルドさんでさえ、聞き慣れない言葉に首を傾げている。

「健康寿命というのは、病気や怪我もなく、元気に過ごせる期間のことですわ」

アダンは「そうなんですか」と気の抜けた返事をする。私は、実際体験してみないとピンとこないだろうなと思いつつ、アスレチックの絵を広げた。

「そしてアスレチックは、一部分を重点的に鍛える健康器具とは違い、登ったり跳ねたり、ぶら下がったりとアクロバティックな動きで移動する、全身運動が可能な巨大遊具のことですわ。こちらは遊びの要素が強いですから、子供から大人まで幅広い年代に楽しんでもらえると思いますの」

「絵を見る限りでは、ウチでも作れそうだが、設計図を作るのに時間が欲しい」

イフさんがそう言って健康器具とアスレチックの絵を食い入るように見ている。きっと頭の中で設計図を組み立てているのだろう。

「イザベル様、私は公園の完成予想図を描くために呼ばれたのですよね？」

「ええ。アーノルドには、これからわたくしの作りたい公園のイメージと、アダンの意見をすり合わせて完成イメージ図を描いていただきたいの」

アーノルドさんは頷くと、商売道具を入れた大きなバッグから、黒い、先の尖った石のようなものを取り出した。画家たちの必需品、黒鉛《こくえん》だ。鉛筆になる前の芯の原料で、この世界ではデッサンする時に画家が使用している。

「嬢ちゃん、俺ぁ急いで設計図に取りかかりたいんでなぁ。帰るぜ」

イフさんはこのあとの話し合いに自分は必要ないと思ったのか立ち上がり、「この絵を貰ってもいいか？」と資料として描いていた私の絵を指差す。

「構いませんわ。絵は複写もございますからそちらはお持ち帰りください」

こうして、ディバイン公爵領公園建設計画が始動したのだ。

SIDE　？？？

「さぁ、パパと一緒にシモンズ伯爵家に挨拶に行こうね」

「ぁーしゃちゅ？」

「そうだよ。私が補佐を務めさせていただくお坊ちゃまはいつも学校の寮にいらっしゃるそうだが、私たちは今日からシモンズ伯爵家の離れでお世話になるんだ」

「ぁーい！」

一年前に妻を亡くしてから、娘と二人必死に生きてきた。幼い娘を育てながらだと就ける仕事などないに等しく、親戚も頼れる知人もいない私は、娘を誰かに預けることもままならず、父の遺産で食いつないできた。しかし、それも底をつきかけ途方に暮れていた。

そんな時、元上司であったウォルト様が声をかけてくださったのだ。シモンズ伯爵家のタウンハウスで、次期伯爵であるお坊ちゃまの補佐を頼みたい、と。そこでは、離れを用意していただける上に、私が仕事中はメイドが娘の世話をしてくれるなど、夢のような条件で雇っていただけると聞き、一も二もなく飛び付いた。

そして今日、ご挨拶に行くのだが……噂だとシモンズ伯爵家のお嬢様は大変我儘《わがまま》な方らしい。

お嬢様はもう他家に嫁がれているので、伯爵家にはいらっしゃらないそうだが、里帰りされることもあるかもしれない。少し不安だ。

「とーたま」

「うん」

……ウチの子が虐められたりしないだろうか。

「行こうか。フローレンス」

「ぁーい！」

どうか、噂のお嬢様に出くわしませんように。

SIDE　テオバルド

このタウンハウスでイザベルのお気に入りの場所は、サロンのそばにある屋外用のソファだ。そこは最近まで、私と彼女が一緒にお茶をする場所だった。

「……なにかが違う」

屋外用ソファは座り心地が良く、空も、彼女がそばにいた時と同じように澄み渡っている。肌にあたる風は、あの時より暖かく、過ごしやすくなっている。しかし――

「どうなさったのですか？」

ウォルトがティーポットを持ったまま、こちらを訝《いぶか》しげに見てくるので顔を上げる。

「彼女がいた時に比べ、執務の効率が落ちている」

「それは……」

「あの時と同じように休憩を挟むようにしたが、どうも勝手が違う」

なにより邸《やしき》が静かすぎて……、居心地が悪いのだ。

「旦那様、それは奥様がいらっしゃらないからでございます」

カップに注がれた紅茶が湯気を立てている。私の前に静かに出されたそれをしばらく眺め、少し前まで対面に座っていた彼女の姿を思い出した。

『まじっく』という、なかなか興味深い技術を自慢げに教えるイザベルは、とても楽しそうだった。

そういえば、彼女が来てからだったな。邸《やしき》に笑い声が絶えなくなったのは……

私だけでなく、使用人すら笑わず、公爵邸そのものが氷のようだと噂されていたことは知っていた。それに耐えきれず辞めていく者が大勢いたことも……。だが、いつからか辞職する使用人の紹介状に、サインをすることはなくなっていた。ウォルトが物言いたげにこちらを見ることも、私の前で真っ青になって倒れる使用人の姿も、しばらく見ていない。全て、彼女が来てからだ。

イザベル・ドーラ・ディバイン。

ウォルトが選んできた、皇帝対策のためだけに娶《めと》った女性。なのに……

何故だか無性に、彼女の声が聞きたい――

「こちらでの仕事の目処《めど》も立った。領地に戻ろうと思う」

「承知しました。すぐに手配いたします」

いつものように返事をするウォルトは、いつもとは別人のような表情で私を見ていた。

「何故、そんな顔をしている」

「なにかおかしな顔をしておりますか？」

「……笑っている」

「それは……、旦那様が笑っておられるからですよ」

◆◆◆

「ノア、今日はお母様となにをして遊びましょうか」

「『とりゃんぽ』！」

「フフッ、昨日あんなに遊んだのに、今日もあれで遊ぶの？」

「はい！」

「まぁ、いいお返事ね。じゃあ、お母様と遊びましょう。あの『トランポリン』で」

昨日我が家にやってきたおもちゃの新作『トランポリン』は、あっという間に私の息子を虜《とりこ》にしてしまった。昨日は眠る直前まで、どれだけトランポリンが楽しかったのか、天使のような笑顔で話し続けていたほどだ。

「わたち、とりゃんぽだぁいしゅき！」

私と手を繋ぎ裏庭に向かう息子は、そう言って満面の笑みを見せた。偶然通りかかったメイドたちが、ノアのあまりの可愛さに再起不能になっている。トランポリンではなくトランポと言っているように聞こえるけれど、我が家の天使がこれだけご機嫌なら、いっそトランポと改名してもいいかもしれない。

「おかぁさま、みてて！　わたち、おそらとぶのよ！」

「まぁっ、ノアは本物の天使だったのね！」

カミラの手を借りながらトランポリンで三十センチくらい跳ねているノアは、自分ではお空を飛んでいるつもりらしい。すごいでしょ、という顔を見せてくれるのが、また可愛いのだ。

「昨日も思いましたが、『ごむ』というのは不思議なものでございますね……」

ミランダがトランポリンを見ながら感心したように呟く。

「こちらをまだお若いオリヴァー様が開発されたとは……、シモンズ伯爵家も安泰でございますね」

「そうね！　自慢の弟だわ」

他の人から弟が褒められるとくすぐったい気持ちになるのと同時に、なんだか胸を張りたくなるわね。

「おかぁさま、おかぁさま、わたち、ぴょーん、したのよ！」

「ええっ、見ていましたわ。今までで一番高く飛べましたわね」

「あい！」

あらあら、お返事が「あい」に戻っているわ。行儀作法の先生も頑張ってくれているけれど、喋《しゃべ》り始めたのもつい最近ですもの。まだ舌が回っていないのよね。可愛い喋《しゃべ》り方もきっとあと少しだろうし、その間くらいは堪能したいものだわ。

「奥様、前から思っていたのですが……」

「なぁに、ミランダ」

「ノア様の話し方は、奥様を真似ていらっしゃるのではないでしょうか」

「え？　それはないと思うのだけど？」

小さい子って、皆ノアみたいな喋《しゃべ》り方よね？　イーニアス殿下は皇族だからあんな感じだけれど、ブルちゃんだってノアのような感じだったもの。

「かみら、わたち、もっとぴょーんしゅるのよ！」

「はいノア様！　カミラがお支えしますので、ぴょーんしてください！」

自分のことを「わたし」って言い始めたから、ミランダも気になったのかもしれないわね。

「ノアが自分のことを『わたし』って言うのも可愛いわよね」

「そうでございますね。私の気のせいだといいのですが……」

ミランダは心配性ね。ノアはこんなにいい子に育っているというのに。

「さん、はいっ」

「「ぴょーん！」」

「かみら、おじょうじゅよ！　わたち、もっとぴょーんできたの！」

「ありがとうございますっ、ノア様！」

「も、いっかいね」

「はい！」

「「ぴょーん!!」」

……やっぱり、私の言葉遣いを真似しているのかもしれないわ……どうしましょう……

第五章　レール馬車

「旦那様、お帰りなさいませ」

「ああ。大事ないか？」

「はい。特に変わりはございませんわ」

帝都から公爵様が帰ってこられたのでお出迎えしているのだけど……なんだか公爵様の雰囲気がまた柔らかくなっている気がするわ。どういうことかしら？

チラリと公爵様の後ろにいるウォルトに目をやると、自信満々に頷かれる。

——なんで頷いたの？

「イザベル、『公園』に関してはどうなっている」

「それでしたら、旦那様の執務室に進捗《しんちょく》状況を記入した報告書を置いておりますので、そちらを……」

「君から直接聞いた方が早い」

「あ、はい……？」

「では、後ほど居間にお茶をご用意いたします」

居間？　執務室じゃなくて？

ウォルトの言葉に首を傾げていると、「イザベル」と公爵様に呼ばれたのでそちらを向く。

「帝都で評判の菓子がある。お茶の時間に出すとしよう」

「え？　そうですの。それは楽しみですわ……」

返事をすると公爵様は満足そうに頷き、ウォルトとともに行ってしまった。

……あの公爵様がお菓子？　帝都にいる間に、一体なにがあったの⁉　……そういえば、前世の友人が言っていたわ。

『夫が突然、お花やお菓子を買って帰るようになったらね、それは浮気のサインよ』

……まさか公爵様が浮気……。いえ、そもそも女嫌いだし、絶対ないわね。


お誘いいただいた、アフタヌーンティーという名の、公園プレゼンテーション。

居間の扉をくぐると、すでにお茶とお菓子が準備され、いつもは遅れてやってくる公爵様も悠然と座っていた。

「――ウォルト、イザベルにあれを……」

「かしこまりました」

恐る恐るソファに座ると、公爵様がウォルトに指示を出す。それを受けて、ウォルトはすぐにジュエリーボックスのような小箱を持ってきた。

「帝都の土産だ」

ウォルトから渡されたそれを開ける。

「これは……っ」

「色が付いたペンだ。蝋《ろう》や顔料《がんりょう》を固めてできたものらしい」

く……、クレヨン!!

「画材屋に、他のものに埋もれるようにして置かれていた。どうやら画家には絵の具の方が人気があるらしいが……君は、子供が簡単に絵を描けるようなものが欲しいと言っていただろう」

「っ……覚えていて、くださったのですか……」

「すぐに忘れるほど、記憶力は低下していない」

旦那様はフイッと顔を背けたが、その耳はほんのり赤くなっていた。

「……フフッ、旦那様、ありがとう存じます。とても嬉しいですわ」

今までいただいた中で一番!

「……そうか」

クレヨンが画材屋にあるのなら、『おもちゃの宝箱』で仕入れさせてもらいましょう。

「この菓子も、食べるといい」

「はいっ、いただきますわ」

帝都のお土産だと公爵様がおっしゃっていたお菓子は、マドレーヌだった。

老舗《しにせ》のマドレーヌっぽいわ……。うん、美味しい
「君が笑っていると……、居心地がいいと感じる」

わかるわかる。やっぱり笑っている方が場が和《なご》むものね!

「旦那様も、笑顔でいてくださると嬉しいですわ」

「………わかった」

あら？　わかったって……？

「君が笑顔でいられるよう、私もできる限りのことをしよう」

へ……？

「だ、だ、だ、旦那様!?」

「なんだ」

「い、今……」

気のせい？　それとも空耳？

「では『公園』について聞かせてもらえるか」

やっぱり空耳だったの？　でも、公爵様の耳がさらに赤くなっているわ……

何故かこちらまで照れくさくなってしまい、それを誤魔化すように急いでアーノルドさんに描いてもらった公園の構想図をミランダから受け取った。

「こ、こちらが公園の構想図ですわ」

「構想図……？」

「はい。公園の完成図というよりは、このように構築したいと思っているものを絵にした、イメージ図とでもいいましょうか。こういったものがあると想像しやすいですし、他人と考えを共有しやすいかと思いまして」

「ほぅ。確かにわかりやすいな。……しかし、こちらとそちらの絵は内容が異なるようだ。二案あるということか」

「二案というか……、この領都に二ヶ所、公園を作りたいと考えておりますの」

「二ヶ所だと？」

予想外だったのだろう。戸惑いが隠せない様子の公爵様に、先日アーノルドさんたちにも説明したことを伝える。

「……なるほど。確かに君の言うとおり、貴族と庶民を分けた方がいいかもしれん」

公爵様がすんなり受け入れてくれたので、第一関門は突破である。

「ところで、貴族街の公園の外周にある、この……砂利と、等間隔に置かれた長方形の板のようなもの……、その上にある二本の線はなんだ」

さすが公爵様！　公園の一番の目玉であるソレを見逃さないとは……

「それは『レール』ですわ」

「『れーる』？」

「こちらの絵を見ていただきたいのですが……」

新たな絵を取り出し、公爵様の前に置く。

「馬車……いや、大きすぎる……っ、なんだ、これは……」

「鉄……いえ、新素材でできたレールだから……あ、レール、馬車……。そう！　こちらはレールの上を走る、『レール馬車』です!!」

「『れーる馬車？』」

公爵様とウォルトが同時に声を発した。

「はい！　このレールの上を車輪が走ることにより、馬車がスムーズに動くので馬が苦労せずに走れるのです。より重いものを運べますから、このように荷台部分を大きくできるのですわ。しかも、音も振動も従来の馬車より軽減されますので乗り心地もいいんですのよ！」

「イザベル」

「それに、一度に十人は運べるのです！　あ、馬は二頭にする予定で、公園の外周を……」

「イザベル、少し私の話を聞いてもらいたい」

ハッ！　いやだ……、つい興奮して喋《しゃべ》り倒してしまったわ。

「申し訳ありません。旦那様」

恥ずかしくて顔を手で覆うと、ゴホンッとわざとらしい咳をされた。

「君が領地を良くしようと一生懸命なのはわかっている。気にしなくていい。それより、この『れーる馬車』はシモンズ伯爵領にあるのか？　初めて聞いたが……」

「え、いえ。（この世界では）初めての試《こころ》みですわ」

「…………」

「旦那様？」

公爵様が黙り込む。どうしたのかしら……

ウォルトに視線を移すが、彼は彼で公爵様から受け取った鉄道馬車の絵をじっくり見ている。

「先程、乗り心地がいいと言っていたが、まるで乗ったことがあるような言い方だったな」

「まさか！（鉄道馬車なんてさすがに）乗ったことなどございませんわ。レールの上を通るのですから、そうに違いないと想像したのです。あっ、模型を作って実験はしましたのよ」

「『もけい』？」

また聞き慣れない言葉かと、少しうんざりしているかもしれませんが、聞いてくださいね。

「はい。実際に走らせるレール馬車の小さいものを作って走らせてみましたの。おもちゃのようで可愛いのですわ」

「それは今、ここに持ってこられるか」

「はい。旦那様にも見ていただきたいと思っていたのです。少しお待ちくださいましね。取りに行って参りますわ」

鉄道馬車の模型は私の部屋にあるのだけど、貴重なもののため、鍵をかけて保存している。なので、自分で取りに行かなくてはならないのだ。

中座し、ミランダとともに部屋へ向かっていると「おかぁさま！」とノアが嬉しそうにやってきた。

早速いただいたクレヨンのことを伝えたいと思い、足を止める。

「ノア、お父様がノアのためにいいものを買ってきてくれたのよ！」

「おとぅさま？」

「そう。ノアがとっても喜びそうなものよ」

「みちてぇ！」

「あら、今見たいの？　どうしましょう。今お父様とお話ししているのだけど……」

「だめぇ？」

首をコテンと傾げるなんて……卑怯ですわよ！

「わかりましたわ。ノアもいらっしゃい」

居間は広いし、少し離れたところでお絵描きを楽しんでもらえば、公爵様も怒らないわよね。

「はい！　わたち、おかぁさまと、あしょぶのよ！」

「あら。お父様とも遊んであげないとね」

「はぁい」

自分の部屋から、新素材の透明ケースに入れた模型を持ち出す。ミランダが運んでくれるというのでお願いし、ノアを連れて居間へと戻った。その際、裏になにも書かれていない植物紙も一緒に持ち出す。

「旦那様、お待たせいたしましたわ」

「ああ。それが『もけい』か……」

ミランダが持つケースをじっと見ている公爵様の注意を、足元にいるノアに向けさせようと「あの」と声をかける。ところが、その瞬間、ノアが「おとぅさま」と言って前に出てきてしまった。

怒られると思い、咄嗟《とっさ》に手でノアを庇おうとしたのだが……

「……公子を、連れてきたのか」

落ち着いた声で問われた。公爵様の意外な反応に、口を開けたまま固まってしまう。

ちょっと前までは、冷たい瞳と声で無下に扱っていたのに……

駄目だわ、驚いている場合じゃない。きちんとお伝えしなくては。

「……はい。旦那様のお土産を見せてあげようと思いましたの。ダメでしたか？」

「いや、構わない。公子……ノア。イザベルに……、お母様に帝都の土産を見せてもらうといい」

え……聞き間違いかしら。公爵様が、ノアに話しかけた……？

「……そんなに見つめるな。君が笑顔でいられるよう、できる限りのことをすると言ったばかりだろう」

やっぱり公爵様の様子がおかしいわ。

動揺を押し殺しつつソファに座って、早速お土産のクレヨンを手にしたノアに、「それはね、こうやって紙に絵をかきかきするものなのよ」と説明する。

「かきかきしゅるの」

目を輝かせたノアが、私の隣で植物紙に一生懸命なにかを描き始めた。集中している姿に感心していると、可愛い息子が最初に選んだ色が青だということに気付く。

まぁ、自分の瞳の色だわ！

グーで握ったクレヨンで、ぐりぐりと歪《いびつ》な丸を描き、中を塗りつぶしているが、あれはなんだろうか。

「イザベル、これがれーる馬車のもけいいか」

声をかけられ、慌てて意識を公爵様に向ける。

「あ、はい。こちらがレールで、このように組み立てて……馬車をレールの上に……あ、まず馬車を机の上で動かしてみてください」

「ああ……」

公爵様が模型の馬車を机の上で走らせる。模型で遊んでいる絶世の美形……シュールな光景だわ、と思ったが、口に出したら二度と模型を触らなくなりそうなので無言をつらぬいた。

「次はレールに乗せていただき、動かしてみてください」

「…………」

明らかに机の上より動きが良くなった馬車に、目を丸くする公爵様とウォルト。

この二人は反応が似ているわね。

「レールの上は、机の上よりも押した時の抵抗が少なかったのではないでしょうか。机の上は滑らかですが、実際に馬車が走るのは、土の上や石畳です。それと比べると、その差はもっと大きいかと」

「確かに、力をほとんど入れずとも進んだ……。これを馬に引かせるのなら……。従来、長距離を走る際は途中で何頭も馬を変えなければならなかったが、それも少なくて済みそうだ」

「旦那様、なにより一度に多くの者や荷物を運べます」

公爵様とウォルトが見つめ合い、頷いている。なにか通じ合うようなことがあったのかしら？

「……新素材といい、このれーる馬車といい、イザベル、君は軍事強化でも狙っているのか」

「ええ!?　違いますわ！　わたくし、このレール馬車で公園の外周を回れるようにしたいのです！」

公爵様が思わぬことを言ってくるので、思わず大きな声を出してしまった。

「女性は、少しでもお洒落《しゃれ》をして外出したいものですが、ドレスやヒールで歩くのは大変ですもの。それに、幼い子供は体力がありませんから、馬車での移動の方がいいかと思いましたの」

これがあれば、赤ちゃん連れの母親も公園になら行けそう、と思えるかもしれないし。

「こんなにも軍事向きの馬車を、娯楽に使う気だとは……」

「奥様の発想には驚かされますね。旦那様」

「ああ……」

いつもの冷静な瞳とは全く違う眼差しをこちらに向ける公爵様にドキリとする。

微かに笑っているように見えるのだけど、気のせい……？

「あ、わたくし、旦那様に相談がございましたの」

なんだか公爵様が上機嫌なので、他の我儘《わがまま》も聞いてもらえるのではないかしら、と調子に乗って切り出してみる。

「どうした」

「旦那様は今、下級騎士の宿舎の建設を考えておられますのよね？」

「ああ……。だが、どうして君がそのことを知っている」

「実は、報告書を置きに執務室に入らせていただいた時、机に置いてあった書類を見てしまったのですわ。申し訳ございません」

「そうか……。机の上に置いてあるものは、君が見ても大丈夫なものだから気にするな。それで、宿舎の建設がどうかしたのか」

「ありがとう存じますわ。それでその……、下級騎士の宿舎を、公園内に作っていただけないかと思っておりますの」

この世界の騎士は、警察のような役割を持つ。緑豊かな公園があると犯罪率が下がるという説があるそうだが、日本では公園内で犯罪が起きるということもままある。なので、公園内に騎士の宿舎を建て、さらにその近くに交番のようなものを作って、騎士に常駐してもらうといいのではないかと考えたのだ。

それに、トイレ問題もある。交番の建物にトイレを設置して、公園を訪れた男性は、そこを使用してもらう。一方で、子供や貴族令嬢は、騎士の宿舎にあるトイレを使う形にすれば、安心して利用できるのではないだろうか。

「宿舎には厩舎《きゅうしゃ》もございますでしょう。馬車を引っ張る馬もそこで管理できるのではないでしょうか」

レール馬車で宿舎内に荷物も搬入できますし、と頑張ってプレゼンをする。ちなみに庶民街の公園には、自警団の寄合所を作ってはどうか、とも話した。

「なるほど。確かにメリットはある。だが、騎士団の訓練を外部の者に見られるわけにはいかない。しかも、公園という不特定多数の者が出入りする場所に宿舎を作れば、そこに侵入者を許してしまう可能性も高くなる」

そう突っ込まれると思って、解決案を用意しているのよ。

「旦那様、それでは宿舎の建物の形をドーナツ形にするのはどうでしょうか。訓練場所を建物で囲うことで外からは見えなくなりますし、重要な場所を内側に配置すれば侵入者から守りやすくなります」

ノアのクレヨンと植物紙を借りて、ドーナツ形――といっても四角にしたが、宿舎のイメージ配置図を描く。宿舎の外には柵を作り、その外側に交番兼トイレのある建物を描いた。

うーん、やっぱりこの植物紙、ちょっと書きづらいのよね。木の繊維を編んで作っているみたいなんだけど、前世で使っていたような紙が欲しいわ。

公爵様は絵を見て少し考えたあと、神妙に頷く。

「確かにこれならば……。いいだろう。ただし、一つ条件がある」

条件？

「れーるを貴族街の公園から庶民街の公園まで繋げること。そして、庶民街の公園にも騎士団の宿舎を建設することだ」

それは、願ったり叶ったりだわ。庶民街にも騎士団の宿舎を置いてもらえるなら、治安も向上するだろうし、レール馬車で二つの公園を繋げば、騎士団も行き来がしやすくなるものね。レールも騎士団が使用するものと一般人が使用するものとに分ければいいだけだし。

「その条件、呑みますわ！」

私の言葉に公爵様はもう一度頷き、話を続ける。

「では、それで進めよう。それと、公園だが、領都を囲む壁の東側の外に作るのはどうだろうか」

え、壁の外？

「西側は田畑が広がっているが、東側は手つかずの状態だ。貴族街と庶民街は南北に分かれているから、東側に作れば、その南北の境界で二つの公園を区切ることができるだろう。将来的には壁の外側にレールがある方がなにかと都合がいいしな」

「あの、旦那様……壁の外側だと、皆様が行きにくいのではありませんの？」

日常的に足を運んでもらえる場所を考えているのですけど……

「ああ、東側の壁はもちろん取り壊す予定……つまり、領都を広げるということだ」

「あ、そうでしたのね！　あら、でもそれですと……公園がとても広くなりそうですわね」

「最近、我が領に別荘を建てたいと希望する貴族や、商人の増加に伴い宿を作りたいという者も増えている。それらに使う土地も必要なので、君が今考えているよりは狭いだろう」

「それは、少し安心しました」

一瞬、ニューヨークのセントラルパークみたいになったらどうしようかと、冷や汗が出たわ。

「旦那様、よろしければ騎士団の宿舎の規模や土地の大きさなどが決まり次第教えていただけると助かりますわ」

「ああ。これによって、領都の街並みが大きく変わるからな。私もプロジェクトに参加させてもらうぞ」

なんだか大事《おおごと》になってきたわね。

「もちろんですわ。旦那様には指揮をとっていただき、わたくしはアイデアを出させていただきます！　ディバイン公爵領の新都市建設プロジェクトですわね！」

壮大なプロジェクトだけれど、私にできることはアイデアを出すくらいだわ。あとは公爵様たちがいいようにしてくれそうだし、気楽に考えればいいわよね。

「……楽しそうでなによりだ」

まぁ、私ったらワクワクが顔に出ていたかしら。

「できた！」

その時、ノアが隣で声を上げた。

「あら、お絵描きができたのね。一体なにを描いたのかしら？　お母様に見せてほしいわ」

さっきまでは、青い丸を塗りつぶしていたけれど……

「はいっ、おかぁさま。これよ！　わたち、かきかきちたのよ」

自慢げに植物紙を手渡してくれる息子の頭を撫で、なにを描いたのかドキドキしながら見ると……

「これは……」

「こっち、おかぁさま。おそらいりゅの、わたち！　おとぅさまここよ！」

左側にいる、大きくて歪《いびつ》な丸に青と赤の線がぐちゃぐちゃに塗られているなにかが「おかぁさま」、上側の小さな丸が青で塗りつぶされているなにかが「ノア」、そして右側の端の方にある、黒い縦長の丸の中に青い点が二つあるなにかが「おとぅさま」だとノアは言った。

「家族の、絵……？」

「わたち、とりゃんぽちてるの！」

「そう……、そうなの。ノアはトランポリンしているから、お空を飛んでいるのね……っ」

いやだ。なんだか目の前の絵が滲《にじ》んで見えないわ……。折角の息子の絵なのに……っ。

「お母様は……っ、なにをしているところを描いてくれたの？」

「わたち、みてりゅのよ！　ノア、しゅごーくとんだのね～、よ！」

「そう……っ、わたくしは、ノアを褒めているのね」

「はい！」

「フフッ、すごーく跳んだのね」

「そうよ！」

ぽろりと、我慢できなくなった涙が目からこぼれる。

「おかぁさま……？」

「イザベルっ、どうした」

ノアは私の膝の上に、公爵様はそばにやってくると、同時に私の顔を覗き込んできた。

二人とも、顔も行動もそっくりだわ。

「嬉しくて……っ」

「おかぁさま、いたい？」

「いいえ。どこも痛くないわ……。ノアが、お父様とお母様を描いてくれたことが嬉しくて……っ、

お母様、感動してしまったの」

膝の上のノアを抱きしめると、公爵様がホッとしたような顔をして、私の涙を指で拭《ぬぐ》ってくれた。

「旦那様……？」

私に触れても、大丈夫なの？

「君の涙は、美しいのだな……」

は？

「ウォルト、この絵を額に入れて飾っておいてくれ」

「承知しました。どちらに飾っておきましょうか」

「イザベルの部屋……いや、家族が集まるこの部屋でいいだろう」

へ？

「ノア、これからもたくさん絵を描くといい」

「はぁい！」

なに？　どういうこと——!?

SIDE　皇后マルグレーテ

『——レーテ、朕は唯一無二の朕だが、残念ながら不得意なこともある。そなたは皇后として、朕が不得意なことをするが良い』

『はぁ？　アンタの不得意なことってなんなのよ』

『うむ。朕は政治のことはさっぱりだ！』

『いや、それ皇帝として一番重要なことじゃない!?』

『だからこそ、マルグレーテ、そなたが朕の皇后なのだ』

『なにそれ。アンタは一体なにすんのよ』

『うむ！　朕はレーテが産む次期皇帝を支える者をたくさん作るぞ!!』

『それ、他の女と子作り頑張る宣言？　どクズか!!』

『ぶふぇっ、くるしっ、首が、しまっているのだ……っ、く、クズではない。朕だ！』

『朕だ！　じゃないわよ!!　胸を張るなっ、この馬鹿朕！』

『ぐふぅっ、ますます首がしまって……っ、だ、だからレーテよ。朕の皇后になれ。そなたはそこらの貴族に嫁いで一生を終えるような女ではない。この国で、いや、この世界で、帝国の国母になれるのはマルグレーテただ一人なのだ——』


「——……朝」

あー……懐かしい夢を見た気がするわ。

「皇后陛下、入室してもよろしいでしょうか」

小さなノックのあと、声をかけてきた侍女に許可を出すと、朝の支度に使う道具一式を持って入ってくる。ボーッとする頭を振り、洗顔を終わらせ、侍女に渡されたタオルで顔を拭きながら先程見た夢のことを考えた。

あれって、アタシが十三歳の頃だったわよね……。あの頃からあの馬鹿は馬鹿朕だったけど、今のように愚かなことを仕出かす馬鹿じゃなかった。なのに、どうして……

「アタシが嫁ぐ時には、もう別人になっていたっけ……」

「皇后陛下？」

「……なんでもないわ。お化粧をしてくれる？」

「……あの」

「なに？」

「いつものようなお化粧でよろしいのでしょうか？」

「ええ。お願い」

「こんなにお美しい素顔ですのに……」

「……いいのよ。あれがアタクシの戦闘服……いえ、戦闘化粧、かしら」

鏡に映る素顔は、ただのレーテ。あのお化粧と、あのドレス、そして香水で、アタクシは皇后となり、あの権謀術数主義《けんぼうじゅっすうしゅぎ》な者しか存在しない皇城で戦うのだから。そう――

アタクシはこの帝国で唯一の皇后、マルグレーテなのよ。

◆　◆　◆

公爵様がおかしい。

「イザベル、今年のニルグル産の茶葉は出来がいいから君も試してみるといい。ウォルト、イザベルにお茶を用意してくれ」

「旦那様、お茶でしたら居間で飲まれてはいかがでしょうか」

「ああ……。そうしようか」

なにがおかしいって、全部がおかしいのよ。

「イザベル、居間へ移動するぞ」

だってほら、その手はなに？

「さぁ、行くぞ」

手を取れってことなの？　公爵様、女性に触られるのが苦手ではなかったの⁉

「イザベル」

「……はい」

差し出された手に手を重ねると歩き出すこの人は正真正銘、テオバルド・アロイス・ディバイン。

結婚してから一年間、女嫌いで同じ空間にいるだけでも嫌だという態度を隠さなかった人である。

「あの……旦那様」

「なんだ」

「わたくしが触れても、大丈夫なのですか？」

「君ならば大丈夫だ」

嘘よね？　魔法契約もしたじゃない。

「さぁ、座ってくれ」

「あ、はい……」

居間の一角にはノアが描いてくれた家族の絵が、立派な額に入れられ飾られている。

それを見る度に頬が緩んでしまうのは仕方ないわね。……そういえば、公爵様がおかしくなったのは、ノアがこの絵を描いた日からではなかったかしら。

「イザベル」

ノアの絵を眺めていると、名前を呼ばれ、ハッと我に返る。

「はい」

「…………」

「旦那様？」

呼ばれたと思ったのだけど、違ったのかしら。

「君の…………だな」

「え？　なんておっしゃったの？」

声が小さすぎてよく聞こえなかったわ。

「ゴホンッ、もうすぐ、君の誕生日だなと言った」

ああ、そういえばそうでしたわね。私、もうすぐ十九歳になるのだったわ。

「自分の誕生日を忘れていたのか」

「まぁ、ご自分だってお忘れだったじゃないですか」

ノアの誕生日を祝って、そのすぐあとが公爵様の誕生日だったから祝わないわけにもいかず、家族だけのお誕生日会を開いたのよね。公爵という立場上、盛大なパーティーを開いてもおかしくない人なのに、家族だけのお誕生日会よ。

「あれは……、忙しかったからだ」

恥ずかしそうに目をそらす公爵様に「わたくしだって忙しくしておりますから、忘れてしまっていたのですわ」と答える。

「お二人とも、お話がズレてしまっているようですが」

ウォルトがお茶を注いでくれながら、苦笑いして言った。

「ああ、そうだな。イザベル、君の誕生パーティーを開く予定なのだが……」

「え？　パーティーですの!?　……わたくし、なんの準備もしておりませんわ!?　ドレスも、装飾品も今からでは間に合いませんし、時間もないのに突然パーティーだなんて、招待された皆様もお困りになるのではなくて!?」

「最後まで話を聞いてくれ」

窘《たしな》められてしまったわ。

「それなら大丈夫だ。招待客には、私の誕生日が終わったあとに招待状を送ってある」

そんなに前から⁉

「君が、私の誕生日を祝ってくれたからな。私も、君の生まれた日を祝いたいと思ったのだ」

「それは……ありがとう存じますわ。ですが、それなら家族だけのお祝いでもよろしいのではなくて？」

公爵様はどうしてわざわざパーティーを開こうと思ったのかしら。

「君の誕生日を祝いたい者は、たくさんいるだろうと思ってな」

「え？」

「パーティーには君の店に関わった者たちも招待している」

それって、庶民街の人たちも招待しているってこと……？

「ウォルト、例のものを持ってきてくれ」

「かしこまりました」

ウォルトが退室する。公爵様は機嫌が良さそうに私を見ていた。

公爵家って、皇族の次に位が高いのよ？　なんなら、ディバイン公爵家なんて皇帝と権力を二分しているくらいのお家柄なのに、庶民を招待しても大丈夫なの⁉　そりゃあ、私は嬉しいけれど……

「お待たせいたしました」

ウォルトが戻ってきたのだが、扉の前から動かない。どうしたのかしら？　と見ていると、扉を恭《うやうや》しく開き……

「イザベル、誕生パーティーにはこれを身につけてほしい」

現れたのは、裾にかけてアイスブルーにグラデーションのかかった、美しいマーメイドラインの白いドレスだった。

「これは………」

「君は、アイスブルーのドレスを一着持っているだろう。それがとても似合っていたからな」

マーメイドライン……、悪女の定番のようなドレスの形だけど、これは色味のせいなのか、清らかさがある。

「……旦那様が、色やデザインを決めてくださったの？」

「ああ……。気に入らないか？」

気に入らない？　いいえ、そんなわけありませんでしょう。

「素敵だわ……」

なんて綺麗なのかしら……

「近くで見てもよろしいかしら？」

「もちろんだ」

公爵様の許可を得て、トルソーに着せられたドレスを眺める。

「わたくし、こんなに素敵なドレスをプレゼントされるのは初めてですわっ」

皇宮のお茶会に着ていった白いドレスももちろん素敵だったけれど。

そういえば、ドレスを公爵様からプレゼントされるのは初めてじゃないかしら……。お茶会の白いドレスは私が選んだデザインだし。

「そんなに喜んでくれるのであれば、ドレスなどいくらでもプレゼントしよう」

「まぁっ、そんなに何着も必要ありませんわ。これだけで十分……」

お金持ちって怖いわ！　こんなに高そうなドレスをいくらでもだなんて……っ。

「……やはり、君のあの噂は……嘘なのだな」

「え？」

振り返ると、すぐそばに公爵様がいて、私を眩しそうに見つめていた。

「君が昔、お義父上にドレスが欲しいとねだっていたと聞いたから、いくらでもプレゼントしようと思ったのだが」

「あれは……っ、は、恥ずかしながら、わたくし普段着を二着しか持っておりませんでしたの。あとはデビュタントで着たドレスが一着と……ですから、お誘いいただいたお茶会に着ていけるドレスが欲しくて……」

結局、ドレスなんて買えなくて、お茶会もお断りしたのよね。デビュタントの時だけが唯一出席できたパーティーだったわ……

「今は、公爵家で十二分にしていただいておりますわ。ドレスも装飾品も十分足りております」

「他に欲しいものはないのか？　おかずを一品増やしてほしい、とかでも構わないぞ」

「いやですわっ、なんでそんなことまで知っていらっしゃるの!?」

「今更なにを言っているのだ。君の噂は方々に広まっているようだぞ」

ぇぇ⁉ おかずを一品増やしてと言ったことも広まっているの⁉ それは恥ずかしすぎませんかっ⁉

「何故おかずを一品増やしたかったんだ？」

「それは……、旦那様もご存知のように、シモンズ伯爵家はとても困窮しておりましたの……。晩《ばん》餐《さん》は（ウチの畑で採れた）お野菜の入ったスープと（コンクリートのように硬い）パンとサラダのみです」

ＯＬの昼食みたいな晩餐《ばんさん》だったわ……

「は？」

「ですが、オリヴァーは育ち盛りの男の子ですわ。せめてオリヴァーにはタンパク質を……いえ、お肉を食べさせてあげたかったのです」

「すまない……。私は伯爵家がそこまで困窮していたとは知らなかった」

え。

思わず公爵様と見つめ合ってしまう。

「……朝と昼は、きちんと食べていたのだろう？」

「朝はパンとジャムですわ。お昼はスープとパンですの」

そのスープの残りが夕食に回されるのよね。

「卵は……食べないのか」

「とんでもない！　卵は我が家の貴重な収入源でしたもの。あ、お誕生日にはいただいておりましたわ！　お肉も」

懐かしいわぁ。誕生日だけは卵をいただいて、よぼよぼになった鶏を絞めていたのよね。サリーが。

「……ウォルトから食が細いとは聞いていたが、そういうことか」

「今は卵もお肉も毎日出てきますから、幸せですわ！」

あら、公爵様の後ろでウォルトがミランダになにか指示をしているわ。肉って聞こえてくるのだけど、どうしたのかしら？

「これで何故、あんな悪質な噂が出回るんだ……」

公爵様が何故か疲れたように眉間を押さえて唸っている。

「もしかして、わたくしの噂で公爵家にご迷惑をおかけしたのですか⁉」

それはマズいわ。私の噂のせいでノアにお友達ができなくなったりしたら……っ。

「大丈夫だ。迷惑などかけられていない。それに、ディバイン公爵領にはおかしな噂など存在しない。この領地では、誰もが君を讃《たた》えている」

「たたえ……⁉」

「君が、我が領地の雇用改善に尽力し、今なお良くしようと取り組んでくれているのは、皆わかっている。おかしな噂など信じる者はいない」

言えないわ。ノアを喜ばせるためだけに始めたことが雇用改善にたまたま繋がっただなんて……

「もちろんシモンズ伯爵領もな」

口の端を上げて、悪戯《いたずら》っぽく笑った公爵様は大層男前でしたわ。

どうやら、ここと実家の領地でだけは、私も悪女じゃなくなっているみたい。良かった……と、思っていたのだけれど。

私の誕生日パーティーであんなことが起こるなんて……、やっぱり私、悪女かもしれませんわ——

SIDE　テオバルド

普段なにも欲しがらないイザベルが珍しく、子供が簡単に絵を描けるようなものが欲しいと言っていた。だから、帝都の画材屋を何軒も回り、やっと見つけたのは、蝋《ろう》や顔料《がんりょう》などを固めたペンのようなものだった。驚くほど安く手に入り、本当にこんなものでいいのだろうかと訝《いぶか》しんだものだが……

手渡すと予想以上に喜んでくれた。こんなものでイザベルは喜んでくれるのか、という戸惑いと、なんと可愛らしい女性だという気持ちが込み上げてきた。こんなものならいくらでもプレゼントしてやろう、そんなことを思う自分に驚いたほどだ。そして……

「ノアが、お父様とお母様を描いてくれたことが嬉しくて……っ。お母様、感動してしまったの」

公子が描いた絵はぐちゃぐちゃで、なにが描いてあるのかもわからないものだ。説明されて初めて理解できるそれを見て、彼女は本当に嬉しそうに笑い、褒め、涙を流した。

私は初めて……女性が流す涙が美しいと感じたのだ。

——イザベル・ドーラ・ディバインが、愛おしい存在だと理解した瞬間だった。

女など、獣と変わりないと思っていたはずだった。しかし、イザベルだけは違うことに、もう、とっくに気付いてはいたのだ。だが、この感情がなにかわからず、それでも彼女を見ると胸が締め付けられる——そんな自分を見て見ぬふりしてきたが……

「わたくし、こんなに素敵なドレスをプレゼントされるのは初めてですわっ」

そう言って子供のように笑う美しい人を——

「今は卵もお肉も毎日出てきますから、幸せですわ！」

取るに足らない些細《ささい》なことに幸せを見出す人を、どうして愛さずにいられようか。

イザベル。悪意にさらされても決して穢《けが》れることのないその高潔な心も、深い愛を子供に注ぎ続ける聖母のような眼差しも、君の全てが愛おしい。


「——ウォルト、私はイザベルを手放したくない」

「旦那様？」

「どうすれば、彼女は私のそばにいてくれるだろうか……。なんでも与えてやれるのに、彼女はそれを望まない。だが、私には金や地位の他に、彼女に与えてやれるものなどない。年も……私は、彼女にとってはおじさんだろう……」

「旦那様……」

「どうしたらいいのか、わからないのだ……っ」

「でしたらまずは、奥様が大切に思っておられる方を、大切にされてはどうでしょうか」

「……大切な、者……」

「はい。焦らず、確実に、でございますよ。旦那様」

第六章　小さな天使たち

「ぅえええ～っ、とぅたま～」

目の前で、天使のように可愛くて小さな女の子が泣きじゃくっている。私の顔を見た途端に大泣きを始めたのだ。

「お嬢ちゃま、こんなところでどうしたんですの？」

やっぱり悪女顔が怖いのかしら……。ごめんね。


今日は、公爵様が開いてくださる私の誕生パーティーの日だ。朝から着飾られて、支度が終わったのでノアの部屋に行ったら、「お、奥様!?　ひゃああっ、お綺麗です！　あっ、ノア様は今、支度をしていますから、奥様はお部屋で待っていてください」とカミラに言われたのよね。

パーティーはお昼からだし、まだ少し時間があるからと邸内をウロウロしていたのだけど……小さな影が誰も使っていない部屋に入っていったのが見えて、なにかの動物が紛れ込んだのかもと思って追ってきたのよ。そうしたら、このちっちゃなお嬢ちゃまがいて、私の顔を見た途端泣き出し、今に至るわけなのだけど。

膝をついて、できるだけ優しい声で話しかけてみる。

「ねぇ、お嬢ちゃま。あなたのお父様とお母様はどこかしら？」

「うえぇぇ～、っ……とーたま……ヒック、ヒック」

「あらあら、もしかして迷子かしら？　大丈夫よ、安心して。わたくしが一緒にお父様とお母様を捜して差し上げますわ」

「ふぅぇ……しゃがしゅ……？」

「ええ。一緒に捜しましょう」

私の言葉にこくん、と頷く女の子がめちゃくちゃ可愛い。とにかくちっちゃくて、まだ赤ちゃんみたい。

「らっこ……」

両手を伸ばしてくるちっちゃな天使を、私は思わず抱き上げた。ドレスを着ていることも忘れて……

「わたくしはイザベルというのだけど、お嬢ちゃまのお名前はなんていうのかしら？」

「ふりょ！」

「ふりょ？　あ、フロちゃん？」

「あい！」

すっかり涙も引っ込んだようで、私に安心して抱っこされているフロちゃん。可愛いわぁ。初めて会った時のノアよりも、もっとちっちゃいのよ！

「よーてーたん？」

「え？　よおてい……なにかしら？」

「よーてーたん！」

何故かきゃーっと喜んで抱きついてくるフロちゃんの頭を、よしよしする。

「フロちゃんのご両親はどこかしらね〜」

「とーたま……」

「大丈夫よ。皆が集まる場所に行けば会えますわ」

背中をぽんぽんしながら廊下を進んでいると、ふと、フロちゃんが静かになっているのに気付いた。そっと様子を窺《うかが》うと……

「あら……おねむさんだわ」

天使は私の腕の中で眠りについていたのだ。

「本当に可愛い子だわぁ。ブルちゃんもそうだったけど、女の子は皆柔らかくてちっちゃいのね」

ほっこりしながらフロちゃんのご両親を捜し回っていると――

「奥様！　どちらに行ってらし、て………」

ミランダが後ろから追いかけてきた。私に追いつき、腕の中にいる天使を見て、一瞬顔を緩ませたが、次の瞬間、その顔が盛大に引き攣《つ》った。

「つな、なんということでしょうか……っ、奥様のドレスが……っ」

「え、なぁに？」

「ドレスに、涎《よだれ》がついています！」

いか。

「フローレンス!!」

同時に男性の叫び声が響く。何事!? と顔を上げると、誰かが廊下の端から走ってくるではないか。

「お姉様!?」

その後ろからはオリヴァーも駆けてくる。さらに後ろには公爵様とウォルト、お父様までいるのだけど、なにがあったの!?

「フローレンス! 無事、か……!? だ……ひっ、ヒィィッ! ど、ドレスが!」

先頭を走ってきた男性がフロちゃんに話しかけたので、この人がフロちゃんのお父さんだろうと察したのだけど、彼は私を見て、何故か悲鳴を上げた。

「な、お、ディバイン公爵夫人でしょうか!? 申し訳ございません!! フローレンスが、ウチの子が粗相を……っ」

男性は素早い動きで両膝を床につき、額を床にくっつけたではないか。

土下座!? なんで急に土下座!?

「どうかお許しくださいっ」

「え、いいえ、何故謝罪されているのかしら? あの、立っていただける?」

これ、はたから見たら私が土下座させているみたいよ。悪女じゃない? 完全に私、悪女よね?

これは……悪女フラグが立ったかもしれないわっ。

「どうかお許しを……っ」

「いえ、だから何故謝罪されているのかわからないのだけど……」

いくら言っても全然立ってくれないし、顔も上げてくれないわ。困ったわね……

「ドニーズ、立て」

公爵様のヒヤッとする冷たい声に、「は、はいっ、旦那様！」と慌てて立ち上がる男性。どうやら公爵様の関係者らしい。

「一体なにがあった」

私にそう問いかける公爵様は、久々に険しいお顔をなさっていた。

「わたくしもよくわかりませんの。迷子の女の子のご両親を捜していたところだったのですが……、急にそちらの男性の謝罪が始まって……」

「ドニーズ、私の妻になにをした」

冷気がドニーズさんとやらを包むように発生している。大変だ！　このままではドニーズさんが凍ってしまう！

「旦那様っ、わたくし、なにもされておりませんわ！　急に謝罪をされて驚いただけですの」

「そうか……」

公爵様の険しいお顔が緩み、冷気が消えた。ドニーズさんは一瞬ホッとして、でも硬い表情のまま、私と公爵様を見る。

「旦那様、発言をよろしいでしょうか」

ドニーズさんが思い切ったように口を開いた。

「許す」

「はっ、実は……奥様が抱いていらっしゃる子供は、私の娘です」

やっぱりこの人の子供だったのね。ドニーズさんは素朴な感じの外見だけど、この天使はお母様似なのかしら。ノアに引けを取らない美幼女だ。

「邸内で迷子になり捜しておりましたが、どうやら奥様が助けてくださったようで……。感謝いたします」

「ああ。それで、何故妻に謝罪するような事態になった」

「はい……、その、私の娘が……っ、お、奥様のドレスを汚してしまっているからです!!」

ええエエエ!?

「なんだと」

公爵様も、ドニーズさんも、ミランダも、オリヴァーやお父様も、私に注目し、上から下までじっと見てくる。

「奥様、肩の少し下に涎《よだれ》が……」

コソッとミランダが教えてくれたけど、涎《よだれ》くらい拭けば済むことだわ。そんなに騒ぐことでもないわよ。

「申し訳ございません！　まさかドレスを汚してしまうなど……っ」

またもや謝罪されるが、私がこんな些細《ささい》なことで怒っているみたいじゃない。ますます悪女感が増している気がするわ。

「あの……、涎《よだれ》を垂らすなど、子供なら誰でもあることですわ。それに、拭けば綺麗になりますし、この子を抱き上げたのはわたくしだもの。むしろこんな可愛い子を抱っこさせてもらえて嬉しいわ」

「え……？」

ドニーズさんはぽかんとした顔で私を見た。その後ろではお父様が微笑みながら頷き、オリヴァーは呆然と口を開けている。公爵様を見ると、お父様と同じように頷かれた。

ミランダは私からフロちゃんをそっと抱き上げると、「汚れを落としに参りましょう」と促《うなが》してくる。

「あ、ところで、ドニーズさんとおっしゃるの？　わたくし、イザベル・ドーラ・ディバインと申しますわ。旦那様のお知り合いかしら？　よろしくお願いいたしますわね」

挨拶をすると、ドニーズさんはしまった！　という表情で、慌てて頭を下げる。

「はっ、し、失礼いたしました！　自分は、ドニーズと申します。元々はディバイン公爵家でご厄介になっておりましたが、現在はシモンズ伯爵家でオリヴァー様の補佐をしております!!」

オリヴァーの補佐の方だったのね。

「まぁ。オリヴァーに補佐が付いたとは聞いておりましたが、元々ディバイン公爵家で働いていたのね」

「はいっ、旦那様……、ディバイン公爵様の補佐をしておりました」

「そうでしたの。では、旦那様も、わたくしの弟も、あなたにはお世話になっておりますのね」

「と、とんでもございません！　お世話になっているのは私の方でして……っ」

「フフッ、これからも弟をよろしくお願いいたしますわ」

「っ……光栄でございます！」

ものすごく腰の低い方だわ。ずっと頭を下げているもの。

「あ、フロちゃん……、この可愛らしいお嬢様は、お名前はなんとおっしゃるの？」

「はい。フローレンスでございます」

え……フローレンスって、『氷雪の英雄と聖光の宝玉』のヒロインと同じ名前じゃない。

そういえばドニーズって名前、なにか引っかかると思っていたけれど、マンガのヒロインの父親の名前だわ。ってことは……

エエエエエ!?　ふ、フロちゃんが、『氷雪の英雄と聖光の宝玉』の、『聖女フローレンス』!?

◇◇◇

ネットマンガ『氷雪の英雄と聖光の宝玉』。その主人公のノア、そしてヒロインのフローレンスが初めて出会うのは、隣国との戦争の最前線の地、ブレストという街にあるヴァルディ要塞の中だった。ノアが十六歳、フローレンスが十四歳の時である。

それが、ノア四歳、フローレンス二歳の時に、私の誕生パーティーで出会うなんて!!

ドレスの汚れを落としたあと、招待客が揃い始まったパーティーは、父や弟、アーノルドさんやイフさんなど、『おもちゃの宝箱』に関わったメンバーが勢揃いしていた。本当に貴族以外も招待してくれていたのね、と感動していたところに、小さな天使が駆け寄ってくる。

「おかぁさま！」

「ノア」

白タキシード姿のノアが、カミラとともにこちらへやってくる。

「まぁ、どこの天使……いえ、王子様かと思ったわ。とっても格好いいわね。ノア」

「はい！　わたち、おかぁさまの、おぉじ、さま！　なのよ」

「まぁっ、わたくしの王子様は、とっても可愛いのね！」

なんて嬉しいのかしら！　息子が私の王子様ですって!!

「よーてーたん！」

息子にメロメロになっていたら、どこからかフロちゃん、いえ、ヒロインのフローレンスちゃんの声が聞こえてきた。

「こら、フローレンス。そちらへ行ってはダメだよ」

「やー、よーてーたん！」

「あの方は妖精さんじゃなくて、ディバイン公爵様の奥様なんだ」

「よーてーたん！　ふりょの！」

「フローレンス……」

こちらに来たがるちっちゃな天使ちゃんと、それを止めるドニーズさんの攻防が繰り広げられているではないか。

「ドニーズさん、大丈夫ですわよ。フロちゃん、いらっしゃい」

困り果てているドニーズさんに声をかけ、フロちゃんを呼ぶと、幼女が嬉しそうにぽてぽてとやってくる。

赤ちゃん特有のぷにぷにな腕と足が可愛らしい。

「よーてーたん」

「奥様、フローレンスが申し訳ございません」

「よろしくてよ。ところで、フロちゃんのこの『よーてーたん』とはなんですの？」

「あ、それは……教会で聞いた妖精の話がフローレンスはとても好きで、奥様を妖精だと思っているようなのです」

「まぁ、わたくしが妖精？」

よーてーたんは、妖精さん、だったみたい。

「ふりょ、よーてーたん、しゅきー」

「フフッ、ありがとう。フロちゃん」

「おかぁさま、ノアの！　だめなのよっ」

え？

フロちゃんをなでなでしていたら、ノアがフロちゃんと私の間に入ってきた。

「めっ！　ふりょ、よーてーたんのーよ！」

「ノアの、おかぁさまよ！」

「めっ、ふりょの！」

「ノアの!!」

主人公とヒロインの初対面が、私の取り合いになったのですけど――!?

「ノア、のっ、ぅ……っ、おかぁさま、なのにぃ～」

「ふりょの……っ、ふ、えぇぇ～」

泣き出してしまった二人に、何事かと皆が集まってくる。

どうしましょう……、運命の二人が初対面で大喧嘩だなんて。

「フローレンス、公子様に謝りなさい」

「やーっ」

ドニーズさんの言葉に余計泣き出してしまったフロちゃんと、それにつられるノアで、泣き声の合唱みたいになっている。

「ノア、こちらへいらっしゃい。あなたはお母様の王子様なのでしょう。フロちゃんもいらっしゃい」

二人を抱きしめ、慰《なぐさ》める。

「いつまで泣いているの、王子様」

「……お、かぁさま……」

「フロちゃんも、大きなおめめが涙で溶けてしまいますわよ」

「めめ……」

二人の涙を拭きながら微笑むと、ノアはすぐ泣きやみ、フロちゃんもうるうるした瞳から涙をこぼすことはなくなった。

ドニーズさんが申し訳なさそうにフロちゃんを抱き上げる。

今はドニーズさんの腕の中で、自分の親指を咥えてちゅっちゅと音を立てていた。

可愛いわぁ。

珍しく大泣きしたノアと手を繋ぎ、招待客に謝罪をしてからノアをもう一度見る。ノアもごめんなさいをしていたので、胸がキュンとした。

「ノアったら、やきもちをやくようになったのね」

「ノア様があのように泣くのは初めてで驚きました」

カミラが眉を八の字にして呟いた。そうね、と頷いたところで、後ろから声をかけられる。

「イザベル。一年ぶりだね」

「お父様！」

あの貧乏で弱々しく笑っていた人とは思えないほど、溌剌《はつらつ》としている父の笑顔に驚いた。

「オリヴァーからお変わりないと聞いておりましたが、嘘でしたのね！」

「え？　私は変わりなく元気だよ？」

「いいえ。一年前よりも溌剌《はつらつ》として、お元気そうですわ！」

「……そうかい、だとしたらイザベル、君のおかげだよ」

嫁ぐ前から変わらない父の優しい瞳と声に、少し涙が滲《にじ》んだ。

「イザベルが、私に生き甲斐をくれたのだからね」

「お父様……」

父は新素材のおかげで潤《うるお》った領地を、より良くするために奔走していると聞いていた。母を失ってからどんどんやつれていって、覇気《はき》もなくなっていたのに……。やっと新たな生き甲斐を見つけることができたのね。

「イザベル、私の可愛い娘……。君も、もう十九歳になったのだね」

瞳を湿らせる父は、ノアと私を見て頷く。そして——

「生まれてきてくれてありがとう。いい母親をしているようだね。君は私の誇りだよ」

強く抱きしめてくれたのだ。

「お父様……っ」

「ディバイン公爵に大切にされているようで安心したよ」

「ええ……。とても大切にしていただいておりますわ」

「そうかい。最初はどうなることかと思ったが……」

ふと、父が私の後ろに目をやり、嬉しそうに微笑む。

「閣下のもとへ嫁がせて正解だったようだね」

「義父上、イザベルを私にくださり感謝します」

低く落ち着いた、とてもいい声が耳元で響いて、肌が粟立《あわだ》つ。いつの間にか公爵様が、私の後ろに立っていたのだ。

「閣下、いくつになろうともイザベルは私の大切な、可愛い娘です」

「はい」

「娘が嫁ぐ時、私が言ったことを覚えていますか？」

「……イザベルを、不幸にだけはするな、と」

お父様、公爵様にそんなことを言っていたのですか!?

「はい。しかし、今の閣下を見て気が変わりました」

「お父様……？」

不穏な空気にそわそわしていると、父が続けた。

「閣下」

「はい」

「イザベルを……、私の娘をどうか、幸せにしてください」

お父様……っ。

そう言って公爵様に頭を下げる父を見て、涙がこみ上げた。

「必ず、私が幸せにします」


――はぁ……。お父様ったら公爵様にあんなことを言うなんて。

ちょっと前の父と公爵様のやり取りを思い出し、溜め息を吐く。

私たちが魔法契約を結んでいると知ったら、倒れてしまうんじゃないかしら。

そんなことを思っていたら、また声をかけられた。

「お姉様、おめでとうございます！」

「オリヴァー！　あなたったら、次に来るのは夏だなんて言って……」

「サプライズですから。教えてしまってはサプライズになりませんよ」

「まったく。姉を騙《だま》すなんて」

オリヴァーの頬を軽く引っ張ると、オリヴァーは大げさに痛がるふりをする。そんな弟の態度に呆れ、手を離した。

「ところでお姉様、本日の装《よそお》いはまるで妖精の女王様のようですね」

「あら、あなたもそんな風に女性を褒められるようになったのね」

「お姉様っ、そこは素直に受け止めてください！」

からかうと、オリヴァーは頬を膨らませ拗《す》ねてしまった。

十四歳になっても、まだまだ子供だわ。

つい笑いを漏らして、余計怒らせてしまったけれど、そんな姿も可愛いわね。

「おかぁさま、おかぁさま、アスでんかよ！」

ふいにノアがドレスの裾をちょんちょんと引っ張って、嬉しそうに声を上げた。

「ノア、イーニアス殿下はここには来ないのよ」

タウンハウスならまだしも……いえ、タウンハウスでも来るわけないのだけれど。

「ノア！　わたしがきたぞっ」

あら、幻聴が聞こえるわ。

「アスでんか！」

「ノア！」

あら……？　私、夢でも見ているのかしら？　殿下が見えるわ。

は……？

「ほほほっ、ディバイン公爵夫人、お久しぶりね！」

皇后様の声をした、ものすごい美女が歩いてきたかと思うと、私の目の前で可愛く首を傾げる。

「来ちゃった！」

来ちゃったぁ⁉

「来ちゃったって……っ、こうごぅ」

「しっ‼　アタシ、今はモニタリス男爵夫人ってことになっているの」

やっぱりこの美女は皇后様だわ！

いつもの厚化粧ではなく、薄いお化粧をして……やっぱり親子だけあってイーニアス殿下に似ているのね。

「モニタリスなんて聞いたこともないのですけど⁉」

「そりゃあそうよぉ。架空の人物だもの」

しれっと口にする皇后様に呆れた目を向ける。

「架空って……。大体、あなた様がおうち（皇宮）を長く留守にしても大丈夫なんですの⁉　帝都からこの領地まで、一週間はかかりますわよ⁉」

「おほほほっ、アタシがそんなに留守にしていたら、この国は終わるわね！」

「終わるわねって……」

そんなあっさりおっしゃられても……、一大事ですわよね？

「実はね、アタシ、特異魔法の使い手なのよ」

「はぁ……？」

特異魔法って、攻撃魔法でも生活魔法でもない特殊な魔法よね。高位の貴族の、一部の方がそういった魔法を使えるのは知っていたけれど、まさか皇后様もそうだったの⁉

こそっと耳元で囁かれた言葉に目を剥《む》く。

「アタシの能力、『一度行ったことがある場所なら、一瞬で移動できちゃう』というものなのよね」

チート能力者だった！

「とはいっても、万能じゃないのよ。一日に二回しか移動できないから。でも、便利でしょう」

「便利どころか、反則技ですわよ」

遅刻しても一瞬で会社に出勤できる……そんな夢のような能力……前世で欲しかったわ。

「オホホッ、この能力でこっそり情報収集していたりもするのよ」

「ご自分で、ですか⁉」

「そうよ。まぁアタシには手足として動いてくれる子も世界中にいるのだけど、毎日一度はそういう子たちのいる場所に移動して情報を仕入れているの。だから、一日たった二回しか移動できないなんて、残念なのだけど」

だから情報通だったのね！

「あ、アス。パーティーの主役にきちんと挨拶なさい」

皇后様は大したことではないというように話を切り上げると、ノアと嬉しそうに話していたイーニアス殿下を促《うなが》す。

ものすごく重要な話だった気がするのだけど。

「もうしわけありません、ははうえ。イザベルふじん、たいへんしつれいした……、しま、した。わたしのことは、アス、とよんでください。おたんじょおび、おめでとうございます」

ノアと先に挨拶を交わしてしまったイーニアス殿下は、慌てて謝罪し、お祝いの言葉をくれた。相変わらずしっかりしており、今日の自分の設定もきちんと理解しているようだ。

「ありがとう存じますわ。アス様」

一種の変装なのか、いつもの華やかな服装とは異なり、ベージュ地にうっすらとチェック柄の入ったタキシードと、蝶ネクタイが可愛らしい。はきはきと挨拶するイーニアス殿下に、ノアが話しかけたそうに、うずうずしている。

「ノア、アス様と遊ぶのは少しあとにしましょうね。アス様はこれからお父様にご挨拶しなくてはならないのよ」

私の父と話している公爵様に視線をやり、またノアを見る。

「はい……。アスでんか、ごあいさつおわったら、わたちとあしょ、そんで、くだしゃい」

「うむ！　すこしだけまっていてくれ」

微笑ましい二人のやり取りにニマニマしてしまうわ。

「ディバイン公爵夫人、公爵と、シモンズ伯爵にお取次ぎをお願いしてもいいかしら」

「はい。もしかして、こうご……モニタリス男爵夫人は、父に会うためにいらしたのですか？」

「もちろんそれもあるわよ。でもメインは、あなたの誕生日を祝いに来たに決まっているでしょう」

そう言った美女にウィンクされて、ドキドキしたわ。

ノアに食事をさせるようカミラにお願いし、公爵様たちのところへお二人を案内する。

「旦那様、お父様」

話しかけると、私の後ろを見た二人がギョッとして、すぐに私にどういうことだと目で問うてくる。

お父様はわかるけれど、公爵様のリアクションは一体どういうことなのかしら？　公爵様が招待したのではなかったの？

「イザベル、君が招待したのか」

「え？　旦那様が招待されたのではありませんか？」

「そんなことはしない」

あり得ないという顔をしている公爵様と、呆然としているお父様の様子に嘘はなさそうだ。じゃあ誰が呼んだの⁉　と皇后様たちを振り返ると――

「やだわ。アタシたち、ちゃんと招待を受けてきたのよ。公子様にね」

とまたもやウィンクされた。

「ノアから、イザベルふじんの、たんじょうパーティーがあると、てがみがきたのだ。わたしにあいたいというので、しょうたいしてくれたら、あいにゆけるとおしえた」

「そうしたら可愛らしい招待状をくれたのよ！」

皇后様はそう言って手紙を取り出すと、ノアのぐちゃぐちゃな線や丸、四角などが書かれた紙を私たちに見せ、その美しい顔でにっこりと微笑む。

「「……」」

公爵様は溜め息を吐き、私は口を開けたままそれを見つめていた。

「来てしまったものは仕方がない。ただし、どのようにして来たのかは吐いてもらうぞ」

うわぁ。公爵様、皇后様に対してとても不遜《ふそん》な態度だわ。

「テオ様がそうおっしゃるのなら喜んで！」

尋問官のような公爵様を嫌がるどころか、喜んでいる節がある。

皇后様、一度推しとガッツリ話したせいか、緊張しなくなったのはいいのだけど、ますます公爵様推しを表に出すようになって……

「ははうえ、こうしゃくと、はくしゃくに、あいさつしてもよろしいでしょうか」

イーニアス殿下の賢さは大人顔負けだ。

「いいわよ」

「ディバインこうしゃく、ほんじつは、おくがたのおたんじょうび、おめでとうございます」

「……はい。殿下におかれましては、息子の招待を受けてくださり誠にありがとうございます。殿下をお迎えできたこと、大変嬉しく思います」

「うむ。いや、ちがうのだ。でんかではない。いまのわたしは、アスなのだ、です」

まぁ、可愛らしいわ。つまりお忍びでパーティーに参加ということね。

「それと、はくしゃくとは、はじめてかおをあわせるな」

「イーニアス殿下、いえ、アス様。お初にお目にかかります。エンツォ・リー・シモンズと申します」

「うむ。えんつぉどの、よろしくたのむ」

私の父と挨拶を交わす際には設定がブレてしまっている殿下を、皇后様は優しく見守っていた。

「えんつぉどのの、りょうちでは、あらたなそざいが、つくられているときいた」

「はい、そうでございます。アス様はよくご存知でいらっしゃいますね」

「うむ。たくさん、べんきょうしているのだ」

父の称賛に胸を張るイーニアス殿下が可愛らしい。

「それでは、新素材がなにに使用されているかはご存知ですか？」

「うむ！　わたしのもっている、おもちゃにつかわれているのだ！」

「おっしゃるとおりです。よくお勉強なさっていますね」

「わたしはよりよい、いせいしゃに、ならねばならない。べんきょうをがんばるのは、あたりまえなのだぞ」

四歳……、あと二ヶ月で五歳だったかしら。こんなに幼いのになんてしっかりした子なの。やっぱり皇族の教育というのはそれだけ厳しいのかもしれないわ。

父もイーニアス殿下の可愛さにほっこりしていた。

頃合を見て、皇后様が「アス、もうノアちゃんのところに行っても大丈夫よ」と声をかける。殿下は私たちに丁寧に挨拶して嬉しそうに行ってしまった。


「――それで、どうやって公爵領に来たのか吐いてもらおうか」

殿下がいなくなった途端、殺伐《さつばつ》とした雰囲気になったのだけれど……。私も子供たちのところへ行きたいわ。

「それは……、アタシの特異魔法で来たのよ！　ねっ」

ねっ、て！　公爵様もお父様も、お前知っていたのか、という目でこちらを見てくるのだけど、私もついさっき知ったばかりよ!?

皇后様が、公爵様とお父様に自分がどうやって来たのかを説明する。お父様の顔色が悪いのは、皇后様の能力がチートすぎると思っているからだろう。

反則よね。その気持ち、わかるわ。

「なんの目的で来た。イザベルの誕生日を祝いに来ただけじゃないだろう」

「オホホッ、もちろんディバイン公爵夫人のお祝いに来たのよ！　まぁ、ご挨拶したい方はいますが」

父に視線を移した皇后様は、ターゲットを定めた肉食獣のような顔をしていた。

「大方『ゴム』のことだろう」

公爵様がそう言うと、彼女は美しく微笑み言ったのだ。

「目覚ましい発展を続けているシモンズ伯爵領で、新しい素材がまた開発されたと聞いて驚いたわ」

微笑んでいるのに皇后様の雰囲気も目も怖い。

笑みを消した皇后様は、声をひそめて言ったのだ。

「アタシもね、素晴らしいことだと思うのよ。だけど、新素材が次々開発され、短期間に世に出しすぎたわ。……今がイーニアスの治世なら別なのだけど」

え……、新素材が原因？　私が調子に乗りすぎて、なにか問題が起きてしまったの……？

心臓がバクバクと鳴り出す。公爵様が峻厳《しゅんげん》な態度で「皇城でなにがあった」と問うと、はぁ……と溜め息を吐いたあと、皇后様は困ったように話し出した。

「……あの考えなしのお馬鹿側妃が馬鹿朕に、新素材に関係する全ての事業を、国が管理するべきではないかって進言したようでね……」

お馬鹿側妃って、あの妖精のように愛らしい、オリヴィア側妃よね？

「もし、あの馬鹿朕がシモンズ伯爵家から事業の権利を取り上げようとした場合、ディバイン公爵が後ろ盾になっているのだから、内戦に発展する可能性が高いでしょう」

な、内戦!? そんなストーリー、マンガにはなかったわよ！

「そうなればあの馬鹿の方が負けるのは確実よ。馬鹿朕もそれくらいわかっているから今までそんなことしなかったけど……、側妃の方が暴走する可能性が出てきたのよ」

皇后様と公爵様を見ると、お二方はたとえようもないほどの真顔だった。怖くて思わず視線をそらしてしまったわ。お父様、胃は大丈夫かしら。顔が真っ青だけれど……。マンガのイザベルが悪役になったのって、これでお父様になにかあって、とかじゃないわよね……？ もし、自分が発見した新素材のせいで、お父様やオリヴァーになにかあったら……。いえ、大丈夫よ。そんなことがないように公爵様と魔法契約を結んだのだから――

公爵様を見ると、黙って皇后様の話を聞いている。

大丈夫。この人は絶対守ってくれるわ。だって、「君が笑顔でいられるよう、私もできる限りのことをしよう」って、言ってくれたもの。

「オリヴィア側妃は、中立派の貴族が皇帝につけば内戦になっても勝てるし、新素材を国で管理できると吹聴しているようなのよ」

大丈夫。私は、公爵様を信じるわ。

「イザベル、心配しなくていい」

「旦那様……」

私の顔が強張《こわば》っていたからか、公爵様が声をかけ、落ち着かせてくれた。

こんな時なのに、ほんのちょっとドキッとしてしまったのは、きっと公爵様の顔が良すぎるからだろう。

「皇帝派は、皇后、あなたの父君が筆頭の派閥のはずだ。側妃からの声がけで動くとは思えないが」

「そこよ。あの馬鹿女、アタシの実家が皇帝派を纏《まと》めていることを忘れているのか知らないのか、皇帝派は当然協力すると思っているのよね」

「ならば放っておいても問題はないだろう」

本当に放っておいても問題ないの……？　問題があるから皇后様が話してくれたんじゃないの？

「この件に限ればそうかもしれないけど、中立派がシモンズ伯爵領に目をつけたことが問題なの」

どういうこと？

お父様を見ると、ますます顔色が悪くなっており、今にも倒れそうだ。

そうよ。お父様も私も、公爵様や皇后様と違って普通の人だもの。こんな話をされて、平然となんてしていられないわよね。

「ああ、中立派の連中が、シモンズ伯爵家に婚姻の申し込みをするということか」

「そうよ。もし、中立派の格上貴族から迫られたら、シモンズ伯爵、あなた、断ることはできる？」

え……オリヴァーの婚姻!?　あの子まだ十四歳よ!?

「ディバイン公爵夫人、あなたの弟君だけではないのよ。シモンズ伯爵はまだお若いし、奥方に先立たれているから、確実に狙われるわね」

「お父様が⁉」

だから真っ青だったの。確かにお父様ってば、どこの乙女なのと言いたくなるくらいお母様一筋だものね。

「旦那様……」

魔法契約、しましたよね。

じっと公爵様を見つめると、公爵様は咳払いをして、私から少し視線を外す。

私の圧、すごかったかしら。

「わかっている。オリヴァーも義父上も私が守るので安心していい。義父上、格上の貴族から婚姻の申し込みがあったとしても、ディバイン公爵家に任せていると断ってください」

「は、はい……っ、閣下、ご迷惑をおかけし申し訳ありません」

「私たちは家族です。家族が困っているのになにもしないなどあり得ない。迷惑などと思わず、義父上は新素材の生産を引き続きお願いします」

公爵様……やっぱり頼りになるわ。魔法契約していて良かった……

「側妃が勝手をしないといいのだけど……」

それでも皇后様が浮かない顔をしているので、「なにか不安なことがありますの？」と聞いてみる。

「あの女、ちょっとおかしな思考をしているのよ」

「おかしな思考……」

確かにちょっと変わった方ではあったけれど。

「前に、馬鹿朕の子供かも怪しい子を身籠《みごも》っているって言ったでしょう」

「はい。お聞きしましたわ」

「普通、お腹の子供の性別もわからないのに、自信満々に自分が皇后になるなんて言える？　しかもアタシを暗殺しようとまでして」

「あ、暗殺⁉」

そういえば、以前にも皇后様はそうおっしゃっていたわね。

妖精のようなあのオリヴィア側妃が、そんなことを……

「ディバイン公爵夫人？」

「あ……、え、と……、女の子だったとしても、また陛下の子供を産めば問題ないと考えられているのではありませんの？」

「そうなのだけど……」

皇后様が言いづらそうに私と公爵様、父の顔を見て、ボソッと呟いた。

「アタシ、この特異能力を皇宮の中で使ったのよ。あの女の様子を探るためにね」

なにをやっているのっ、この人‼

さすがに公爵様も驚いたのか目を丸くし、私とお父様はあわわっと口をパクパクさせた。

「そこでね、聞いてしまったの……。あの女がお腹を撫でながら、この子が皇帝になるのが楽しみだわって言ったのを」

「「っ⁉」」

まるで絶対に皇太子になる男の子が産まれると確信しているみたいだわ。あ、でもちょっと待って。記憶が曖昧《あいまい》だけど、確かにマンガでは、実際に男の子が産まれて、後継者争いをイーニアス殿下としていたような……。まさか、私のような転生者……？　いえ、それなら新素材にしてもなににしても、自分で開発しそうなものだし、悪魔がいるような場所にわざわざ側妃として嫁ぐのもおかしい……ちょっと待って。悪魔……

「皇后様っ、側妃様のそばに、タイラー子爵という方がうろちょろしているということはありませんか⁉」

「イザベル、まさか……っ」

公爵様はまだタイラー子爵が悪魔とは知らないが、洗脳という能力を持っている可能性があることは知っている。私の言葉を聞き、側妃が洗脳されているのではないか、と思い至ったのだろう。

「……タイラー子爵なら、確かに側妃のそばで見かけたことがあるわ。でもあの人、馬鹿朕のそばにもいるし、色んなところで見るからおかしくはないでしょう？」

この様子じゃあ、皇后様も洗脳されているみたい。だって、色んなところにいる時点でおかしいでしょう。皇宮や皇城の色んなところに自由に出入りできるのは、皇帝陛下のみだというのに。

「皇后様、タイラー子爵について、どの程度ご存知ですか」

「……昔から馬鹿朕のそばにいるわね。アタシがあの人に嫁ぐ前からいたのは確実よ」

「情報は、それだけですか？」

「そうね。だってタイラー子爵よ。彼の情報なんて必要ないじゃない。……ん？　違う。アタシは皇城や皇宮にいる人たちの情報は必ず収集しているのよ。なんでタイラー子爵だけ必要ないと思ったの……？」

皇后様が混乱しているわ。

「皇后様、タイラー子爵という人物は存在しませんわ。しかも、タイラー子爵と名乗る人物は、洗脳という特異魔法を使う可能性がありますの」

「……タイラー子爵が、洗脳の魔法を使う？　冗談でしょう……？」

呆然と呟く皇后様は、考えが追いつかないとばかりに首を横に振っている。

「冗談ではございませんわ。実際旦那様も、洗脳されているようでしたの」

公爵様を見上げると、視線がぶつかった。あの時のことを話してもらえますかと視線で訴えると、通じたらしく公爵様が口を開く。

「イザベルの言うことは事実だ。信じられないかもしれないが、実際過去十年分の貴族名鑑を調べても、タイラー子爵家などという家は確認できなかった」

「っ……なんてことなの……！」

公爵様の言葉に皇后様が顔色を変える。皇后様の表情が変わることなどあまりないので、相当大きな衝撃を受けたのだろう。

「閣下、それが事実ならば、すでに皇城は……っ」

帝都に行くことがほぼないお父様は、洗脳された皇帝や文官、武官たちを想像して真っ青になっていた。

「朕が……、アイツが変わったのは、タイラー子爵のせいなのね……っ」

「皇后様？」

皇后様が唇を噛む。

あぁ……っ、繊細そうな唇だから、皮が破けて血が出そう……

「アイツは、元々お馬鹿だった……。お馬鹿だったけど、少なくとも十年前はあんなに愚かではなかったのよ！　アタシに、アタシの好きなことをさせてくれる度量はあったの。だから……っ、だからアタシは皇后になったのに……ッ」

嫁いだ時には変わっていたのだと、そう言って手をきつく握り込む。

「皇后様、タイラー子爵については今、こちらで調査しておりますが、彼は得体が知れません。本当に、洗脳の魔法なのかも定かではないのです。もしかしたら、洗脳に似た異なる魔法なのかもしれませんし、魔法ではない場合もございますわ」

「魔法ではない？」

どういうことなの、と訝《いぶか》しげな表情をする皇后様に、憶測になりますが……と前置きして話す。

「たとえば、催眠のようなものという可能性もありますし、タイラー子爵が……、『人間でない』可能性もあるということですわ」

「人間でない、だと？」

今度は公爵様が食いついた。

そういえば、公爵様にも言ってなかったわね。真剣な瞳の三人に見つめられて、なんだか緊張してくるわ。

「創世記を読んだことはございますか？」

「もちろんよ」

皇后様は当たり前だと頷き、公爵様は、貴族なら誰もが読むものだ、と言う。確かにそのとおりで、こんなに当たり前に親しんでいるものなのに、現実離れしているからか、誰もそれが本当に在《あ》ることとは思っていないのだ。

「……創造神ははじめに空と大地を創り、空には神、大地には精霊を創造した。次に海を創り、山を創った。そして、人間が生まれた。人間が生まれると、善の心と悪の心を持つ者が出てきた。悪の心を持つ者から悪魔が生まれ、悪魔は魔物を創り出した。それに対抗して、精霊が妖精を創り出した。……これが創世記のおおよその内容ですわ」

「ええ。そうね」

皆が首を縦に振り、それがどうしたと続きを促《うなが》す。

「わたくしは、人間が生まれると善の心と悪の心を持つ者が出てきた。悪の心を持つ者から悪魔が生まれた、というところが気になりましたの」

「それって……待って。あなた、この世に『悪魔』が存在すると本気で思っているんじゃないでしょうね。創世記なんてただの物語でしょう⁉」

皇后様は信じられないと首を横に振り、溜め息を吐く。

お父様ですらキョトンとしているもの。それが普通の反応だわ。けれど、『氷雪の英雄と聖光の宝玉』を読んでいる私は知っているのよ。それが現実に存在するということを。

「この世界には魔法がございますわ。そして、聖女も存在します。その聖女は妖精を見ることができると聞きます」

「それは……っ」

「つまり、創世記はただの物語などではなく、事実なのですわ」

私は、呆気にとられている皇后様、公爵様、お父様を順に見て言い切った。

「……君は、悪魔が存在し、それがタイラー子爵だと言いたいのか」

「はい」

「あり得ないわ、悪魔なんているわけない」

「皇后様、たとえば悪魔が……特殊な力を使う悪の心を持った人間だとしたら、どうでしょうか」

その言葉に息を呑む気配がした。

「あくまでわたくしの推測です。信じてほしいとは申しませんわ」

◇　◇　◇

「――おかぁさま、わたちからの、ぷれじぇんとよ！」

恐ろしい話はまた後ほどということで、誕生パーティーに戻った私たちは、パーティーのメインともいえる、プレゼントを主役に渡すアレをおこなっていた。

大工の元締めのイフさんや、絵師のアーノルドさん、『おもちゃの宝箱』本店の従業員の皆さんから素敵なプレゼントをいただく。なんだか気を遣わせてしまい申し訳ないわ。

そしてカミラに付き添われてやってきた、愛息子のプレゼントを受け取る。

「まぁ、なにかしら！」

「ふふっ、あけるまでの、おたのしみ、なのよ！」

ノアは、両手で口を押さえてうふふっと愛らしく笑う。そんな可愛いことを言う息子を抱きしめそうになるのを我慢して、「ありがとう。開けてもいいかしら」と聞くと、「はいっ」ととてもいいお返事をくれた。

やっぱり抱きしめたいわ！

包装も自分でしたのだろうか。しわしわになった布袋にしわしわの縦結びのリボンがとても愛しく思えてしまうのは、息子の頑張った証《あかし》のような気がするからだろう。そのリボンを解き、袋を開くと、指輪の箱のようなものが入っていた。

「なにかしら？　ワクワクしますわ！」

「おかぁさま、うれしぃ？」

「フフッ、まだ開けてないですわよ。でも、とっても嬉しい気持ちだわ」

フライングするノアに、クスクス笑いながら箱をそっと開ける。中から出てきたのは……

「まぁ！　カメオですわ!!」

キラキラと輝くカメオだ。なんとノアの絵をもとに彫られた、手作りカメオである。

「なんて素敵なの！」

ノアをぎゅうっと抱きしめると、「うれしぃ？」とニコニコして聞いてくる。「すっごく嬉しいわ!!」と言い、ぷくぷくのマシュマロほっぺに自分の頬をくっつけた。

「お母様は、ノアのカメオをずっとつけますわ！」

「うふふっ」

本当に嬉しそうにノアが笑うものだから、私もますます嬉しくなってしまう。

「あらあら、これはアタシたちのプレゼントじゃあ太刀打ちできないわね、アス」

「そのようです。ははうえ」

そう言って微笑む皇后様のプレゼントは、家族でお茶を楽しめる、新素材でできたティーセットだった。イーニアス殿下は、帝都で人気のお菓子をくれた。それが先日、公爵様からいただいたマドレーヌだったものだから、本当に大人気のお菓子なのね、とおかしくなってつい公爵様を見てしまった。公爵様は耳を赤く染め、ゴホンッと咳払いをする。そんなところもおかしかったわ。

イーニアス殿下はマドレーヌをすごくたくさん下さったので、早速皆でいただいたわ。

「さぁ、最後は旦那様でございますよ」

ウォルトの声に、旦那様が少し緊張した面持ちで私のそばへやってくる。

「イザベル」

「はい。旦那様」

公爵様はプロポーズでもするかのように私の前に跪《ひざまず》くと、微笑んで言ったのだ。

「君と出会ってから、私は君の（愛を乞う）奴隷だ」

「え」

確かに最近、『おもちゃの宝箱』や公園のことで、公爵様の仕事を増やしてしまっているけど……奴隷!?　私、公爵様から奴隷のように働かせる奴だと思われているの!?

「まぁ！　テオ様がっ、あの氷の大公と言われたテオ様が告白しているわ！」

「「おおっ」」

周りのざわめきに、顔が引き攣《つ》る。

「君のためなら、なんでもしてやりたいと思っている」

「きゃーっ、テオ様ステキ！」

「ははうえ、こうしゃくのじゃまをしては、いけませんよ」

こんな大勢の前で、奴隷受け入れ宣言!?　私の悪女フラグが折れてくれないのだけど！

「イザベル。君が宝石やドレス程度で喜ぶとは到底思えない」

宝石やドレス程度ですって……？　私ってもしかして、公爵様の中では、さんざん貢がせて、それに喜びもしない稀代《きたい》の悪女なのかしら。

「だから、考えたのだが……」

宝石やドレスじゃなかったら一体なにが出てくるの!?　ちょっと怖いのだけど。

恐怖でドキドキしていると、公爵様はなにか書類のようなものを胸元から取り出した。

「これは私が持っている別荘の権利しょ」

「旦那様‼　少しこちらへ！」

ウォルトが慌てて公爵様を引っ張っていったのだけど、権利書って言わなかった？　今、別荘の権利書って言っていたわよね⁉

皆も凍り付いたようになっている。

「テ、テオ様ったらおちゃめさん！」

皇后様の言葉に、皆が冗談だったのかとホッとし、公爵様も冗談とか言うんだなぁ、と和気あいあいとした雰囲気に変わる。

さすが皇后様。見事、推しを守ったわ。

しばらくすると公爵様が戻ってきて、さっきの別荘地に親子三人で旅行に行かないかと言った。もちろん、すぐに頷く。頷かなかったら、今度こそ権利書を渡される気がしたからだ。ウォルトには感謝しかない。

こうして、色々な問題を抱えつつも、楽しく幸せな十九歳の誕生日は過ぎていったのだった。

◇　◇　◇

誕生日パーティーが終わったあと、皇后様が父と話している間、子供たちの様子を見ていると、ノアがイーニアス殿下をお庭に引っ張っていった。

急いであとを追うと……

「アスでんか、とりゃんぽよ！」

自慢げにトランポリンを紹介するノアは、イーニアス殿下と会えたことが余程嬉しいのだろう、ニコニコと愛らしい笑顔を振り撒いている。

「これが、おてがみにあった、おそらをとべる『とらんぽ』か！」

「はいっ、ぴょーんするのよ」

「うむ。ぴょーんだな」

なにやら二人、通じ合っているではないか。

「アスでんか、みてて！　カミラ、ぴょーんしてみるの」

ノアが、カミラに手伝ってもらってトランポリンに上がる。これからノアのデモンストレーションが始まるようだ。

「はいっ、ノア様。せ〜の」

カミラと呼吸を合わせ――

「「ぴょーん!!」」

「おおぉぉ!!　おそらをとんだっ、ノアが、おそらをとんだ!!」

イーニアス殿下が大興奮で拍手をしている。実際は三十センチ程度しか跳んでないのだけど、幼い子には空を飛んでいるように見えるらしい。

「ちゅぎ、アスでんかのばんよ！」

「うむ！　ぴょーん、だな」

イーニアス殿下がお付きの人に抱っこされてトランポリンに上がる。その姿に、ついつい頬が緩んでしまった。

そしてお付きの人と手を繋ぎ――

「殿下、それではいきますよ」

「うむ！　よいのだ」

「せーの」

「「ぴょーん！」」

いや、ちょっと身体が浮きかけたところで、お付きの人が抱っこして持ち上げちゃったんだけど!?

「うぬ？　なにか、ちがうきもするが……ノア、どうだ？　わたしもおそらをとんでいるぞ！」

ただの抱っこだわ。

ノアの「ちあうのよ」という冷静なツッコミにふき出しそうになりながら、なんだかほっこりした気持ちで、私は空を見上げたのだった。

――その日の夜、ディバイン公爵邸に泊まっていくお父様に、「イザベル、閣下を奴隷のように働かせてはダメだよ」と言われ、泣きそうになった。

「お父様、あれは多分そういう意味ではなかったと思いますよ」

「え？　でもオリヴァー、閣下が言っていたじゃないか」

「ハァ……。お父様はお姉様と同じで鈍いですもんね」

「どういうことだい？　オリヴァー」

「いえ。お義兄様は、お姉様のためになにかしてあげることを喜んでいるようです」

「そうかい。本当に……閣下に嫁がせて良かったよ」

「そうですね。僕も、お姉様についていけるのは、お義兄様だけだと思います」

こんな会話がお父様とオリヴァーの間で交わされていたことをウォルトから聞かされたのは、二人が帰ったあとのことだった。

皇宮　側妃の宮

「あー……イライラするわっ、陛下はどうしてシモンズの領地を取り上げないのよ！　私が言っているんだから取り上げなさいよね！」

「そりゃあ、内戦になったら負けるのは陛下ですから」

「どうしてよ！　中立派が皇帝派につくのよ⁉　ディバイン公爵派なんかに負けるわけないでしょう⁉」

「ハハハッ、負けますよ。だって皇帝派の筆頭は、皇后様のご実家なんですよ？　側妃の派閥に協力するわけがないでしょう」

「は……？　ちょっと、そんなこと聞いてないわよっ、なんで黙っていたの⁉」

「だって、聞かれませんでしたし」

「はぁ⁉　あんた私の悪魔でしょ！　重要なことは全て教えなさいよね！」

「はいはい。すいませんね」

「なに、その適当な返事！」

「はいはい。うるさいですよ。少し眠ったらいかがですか」

「うるさい⁉　この私に向かってなによっ、そ、れ……」

「私の悪魔、ねぇ……。お前のものになった覚えはねぇよ」

SIDE　皇后マルグレーテ

「キャーッ、オリヴィア様！　誰か！　誰か来て！　オリヴィア様がお倒れになっています‼」

テオ様のポンコツな恋愛模様が可愛かったわ～、とホクホク気分で皇宮に転移し、イーニアスが自分の宮に戻った少しあと、皇宮内が騒がしくなったから何事かと侍女に探りに行かせたのよ。

その侍女が慌てて戻ってきて、オリヴィア側妃が部屋で倒れて大騒ぎになっていると教えてくれたものだから、仕方なくアタシが行くことになったの。一応皇宮の管理もアタシの仕事だしね。今日は皇后仕様の厚化粧はしない気でいたのに、面倒だわ。

「――騒がしくてよ！　一体なにがあったというの」

右往左往している側妃付きの使用人の一人を掴まえ、質問する。

「皇后陛下っ、その、オリヴィア様が部屋で倒れていたそうなのですが……」

「倒れていたって……、側妃は無事なの？」

「は、はい……。それが、どうやら眠られていただけのようでして」

はぁ？

「どうやら床でお眠りになっていたそうです」

なんで床で⁉

「外傷や、お腹の子供の様子は？　きちんと医師に診《み》てもらったのかしら」

「はい。お医者様も問題ないとおっしゃっています。私どもも何故、オリヴィア様がそのような奇行に走られたかわからず、困惑しております」

本当にね。

「彼女の意識はあるの？」

「はい。お目覚めになっているようです。しかし、お眠りになる直前のことはなにも覚えていらっしゃらないようで……」

まさか、洗脳……？

オリヴィアも、タイラー子爵に洗脳されている？　あり得る話よね。でも、洗脳の特異魔法なんて本当にあるの？　……イザベル様の言う悪魔なら、あるいは……。実は、イザベル様が言っていた悪魔説、気になっているのよね。でも、本当にタイラー子爵が悪魔だったとしたら、調べるだけでも危険が及ぶかもしれない……。だけど、ただ待つだけってのもね……アタシらしくないわ。悪魔に対抗できるもの、見つけてみるのはどうかしら。

たとえばそう、『聖者』とか――

「はぁ……」

皇后様には絶対に悪魔のことを調査してはダメだと言い含めたのだけど、不安だわ……。だってあの人、行動力がありすぎるのだもの。

「悪魔のことでも考えているのか」

突然頭上から声が降ってきて、驚いて顔を上げる。

「旦那様……。はい、皇后様がタイラー子爵に近付いたり、悪魔の調査を始めてしまったりしないか心配で……」

「皇后は愚かではない。君も十分言い聞かせていただろう。そんなに心配するな」

「ええ……」

晩餐《ばんさん》のあと、居間で、オリヴァーとノアがおもちゃで遊んでいるのを眺めながら、公爵様とお話をする。フロちゃんはもうおねむの時間で、ドニーズさんと一緒に部屋で休んでいるようだ。

「そういえば……、フロちゃんは妖精が見えるのかしら……」

「なんだと？」

ついうっかり口に出してしまった言葉に、思わず両手で唇を押さえる。眉をひそめてこちらを見る公爵様に、私は首を横に振った。

「なんでもありませんわ……っ」

「あの子供は、君が妖精のように美しいから、君のことを妖精と呼んだのだろう。それがどうして妖精が見えるという発想になる？　……それともまさか、君が本当に妖精だとでもいうのか」

「そんなわけありませんわっ」

「……仮に肯定されても、私は納得してしまうだろうがな」

自分が妖精だとか恥ずかしすぎるでしょ。公爵様に呆れられているんじゃないかしら。イタい女だわ。

「実はその、フロちゃんの視線がわたくしではなく……そう、わたくしの顔の横あたりにいっていた気がして……それで、もしかして妖精が本当に見えるのかしら、なんて思ってしまったのですわ」

「もし仮に見えていたとしたら、あの女児が『聖女』ということになる」

「聖女である絶対条件が、妖精の姿が見える、でしたものね」

「そうだ。イザベル、君が妖精ならば、私も『聖者』ということになるな」

妖精の女王が見えるのだから――と私のイタい発言に冗談を返してくる公爵様に、思わず目を見開く。

公爵様って、冗談が言える人だったのね。これは笑ってあげた方がいいのかしら。それともスルーした方がいいの？

迷ったあげく、つい後ろに立っているウォルトを見てしまう。ウォルトは何故か、すごく悲しそうな顔で公爵様を見ていた。

SIDE　ドニーズ

ディバイン公爵夫人の誕生パーティー終了後、案内された部屋で私は深く息を吐く。

旦那様……、いや、ディバイン公爵閣下が娶《めと》ったお方は噂とは全く違い、とても理性的でお優しく、美しい方だった。

「フローレンスが無事で良かったよ」

「とーたま」

ニコニコ笑うフローレンスは、本当に妻にそっくりで愛らしい。

「フローレンス、どうして閣下の奥様を妖精さんと呼んだのかな？」

「う～」

娘は眠いのか、ベッドにコロンと転がり、私の話は全く聞いていないようだ。

「やっぱり絵本の妖精のような格好をしていたからかな」

フローレンスは小さくても女の子だし、綺麗なものに興味があるのかもしれない。だけど、まさか公子様と喧嘩をしてしまうなんて……。それに、あの高価そうなドレスに涎《よだれ》を垂らしたことといい、今日はヒヤヒヤさせられっぱなしだった。

「よーてーたん、いーっぱ！　ちりゃちりゃ！」

「ん？　フローレンス、妖精さんがなんだって？」

「う〜……、ふりょ、ちりゃちりゃ、ちえー。ちゅき」

「ちらちら？　もしかして、キラキラってことかな？　そうだね。奥様のドレスはキラキラだったね。いつかフローレンスにも、あんなドレスを着せてあげたいな」

「う〜」

コロンとベッドの上を転がる愛娘は、将来あの奥様にも負けない美女になるはずだ。

「さぁ、よく寝て、よく食べて、あんなドレスが似合うレディになっておくれ」

「よーてーたん……」

「そうだね。フローレンスは妖精さんだ。お休み。私の妖精さん」


『――ふふふっ、ボクたちの愛し子はカワイイね』

『カワイー！』

『チョーカワイー!!』

『小さな、小さな愛し子だ。大切にしようね』

『タイセツ！』

『トッテモ!!』

『そういえば、あの人間はなにかなぁ？　なんだか愛し子みたいな感じもするし、ボクたちに近い感じもしたよね』

『チカイ！』

『チョットチカイ!!』

『うーん、仲間たちも周りにたくさんいたし、キョーミあるなぁ』

『ミニイク！』

『ミニイク!!』

『そうだね。また見に行こう。さぁ、静かにして。愛し子が起きてしまうよ』

『ハーイ！』

『ハーイ!!』

◆◆◆

お父様もオリヴァーもフロちゃんも帰ってしまって、賑やかだった我が家は少し寂しい雰囲気になったものの、公園やレール馬車のことで忙しい日々が戻ってきた。

とはいえ、私は案を出すだけのお気楽な立場だし、公爵様ほど忙殺もされていないわけで……暇な時間はできてしまうのよね。

「そうだわ！　アレが完成しているかもしれないのに、すっかり忘れていたわ！」

「奥様、アレとは一体なんでしょうか？」

戸惑うミランダに笑顔で「お楽しみよ」と答え、外出の準備を整える。

「ドレスも比較的動きやすいものにしたし、馬車の準備もできているわね！」

胸元にはノアから貰ったカメオが光る。

これを身につけているだけで、幸せな気分になれるわ。

「さぁ、行くわよ！」

「行くってどこへでしょうか……」

「馬車を作っているところに行くのよ！」

「はぃ？」

そうしてやってきたのは、馬車専門店……の隣にある、『車大工』のいる作業場であった。

「奥様、このようなところになんのご用が……」

恐る恐るついてくるミランダと、戸惑いつつも黙って従う護衛とともに、雑多な作業場を進む。

足元には木や鉄でできた部品などが転がっているので慎重に進まないと転んでしまいそうだ。

「こんにちは。親方いらっしゃるかしら」

車輪を持って作業していた男性に声をかけると、彼はこちらを見て一瞬ギョッとした顔になったが、すぐに「少々お待ちください」と言って奥へ入っていった。

「奥様、馬車の注文でしたら、隣のお店の方でもよろしいのではありませんか？」

「ホホッ、注文は注文でも、少し特殊な注文をしたのよ」

「特殊、でございますか？」

首を傾げるミランダに微笑みを返し、作業場を眺めていると、奥から「奥様！」という野太い声が聞こえた。

「ようこそいらっしゃいました！　例のもの、できとります‼」

野太い声を上げた人物――親方に案内され、そのまま奥へと進む。

どうなっているか、楽しみだわ！

「奥様、もんのすごいもんができましたぜ！　こりゃあ馬車業界の革命になりますよって！」

「まぁ、頑張っていただいたのね」

「はい！　しっかし奥様、よくあんなアイデアが出たもんですなぁ」

「ホホホッ、息子のためですもの。快適な馬車がいいでしょう」

「快適って……。ありゃあもう、走る宿屋ですよ」

親方の言葉にニマニマしながらやってきたのは、完成した馬車が並ぶ倉庫だった。

「広い場所ね」

六台の馬車が並んでいるが、どれも私が頼んだ馬車ではないわね。

「どこにあるのかしら」

「公爵家の馬車ですからね。ここにゃ置いとりません。あっちの車庫に入っとります。今ここに動かしますんで、待っとってくだせぇ」

「ええ。お願いしますわ」

親方が従業員に指示をすると、少しして、ディバイン公爵家の家紋が入った、黒く美しい馬車が引っ張られてきた。

「まぁ！　ゴムのタイヤだわっ」

その馬車の車輪は、ゴムタイヤになっている。そのせいか、普通の馬車より音が静かでスムーズに動いている気がする。

「これだけじゃあなくて、奥様が言っておられた『スプリング』っちゅーのも取り付けとります！」

「じゃあ、あのガタガタがかなり改善されたのね！」

「改善なんてもんじゃありゃしませんよ！　本当に馬車に乗っているのかっと思うほど、すんごいんですわ!!」

ゴムができる以前から、スプリングの案を、金型を作る親方と、車大工の親方に伝えていたのだ。それを技術者たちがああでもないこうでもないと試行錯誤し、実際使えるようにしてくれて、さらにゴムができたことでタイヤも完成した。

でも、これだけじゃないのよ！

「中は？　言ったとおりにできているかしら」

「もちろんです。まぁ確認してみてくださいや」

ミランダは離れたところに立ち尽くし、呆然とこちらを眺めている。もう目が点だ。

「ミランダ、あなたもご覧なさい。とても面白い馬車を作ってもらいましたのよ」

「ハッ！　あ、はい」

私が先に馬車の中に入り、続いてミランダも乗り込んでくる。

「……あの、奥様」

「なにかしら？」

「その、確かに普通のものより広々とはしておりますが、あまり変わりはないような……」

「フフッ、確かに一見変わらないわね。あ、椅子の座り心地はかなりいいわ」

さすがスプリングタイプのソファだわ。今までとは段違い。

「あっ、こ、これは、素晴らしい座り心地ですね。反発がすごいと言いましょうか……」

「そうでしょう。でも、これだけではないのよ。親方、お願いできるかしら」

「ええ、ええ。もちろんですとも！」

親方が馬車に乗り込んできたことに、ミランダがぎょっとしている。

確かに淑女の乗る馬車に夫でも家族でもない男性が乗るのはマナー違反だけれど、今は車大工としてのお仕事だから許してあげてね。

「まず座席の下にあるこのバーを掴んで上にあげるように引いてやってくだせぇ」

まさに自動車の座席のようね。

「そしてこう、座ったままお尻で前へぐっとずらすと――」

「きゃあ！」

突然前にせり出した座席に、対面に座っていたミランダが悲鳴をあげる。

「おっと、こらぁ驚かせてしまいやしたねぇ。申し訳ありません」

「ミランダ、大丈夫ですわ。この馬車の座席は、このようにフラットになるのよ」

座っていた部分が前にせり出したことで背もたれが倒れ、フラットになる。

「もちろん、そちらに座っとる座席もおんなじように倒れますけぇ、全部倒してもらったらベッドになるんですわ。あ、戻す時は横の隙間に手を入れて、バーを引いてもらえりゃあ簡単に戻りますんで」

「ええ!? お、奥様、これ、こ、この馬車は、本当に馬車なのでしょうか!?」

ミランダは親方の説明を聞いて、想像以上に驚いてくれている。

「フフッ、すごいでしょう。この馬車はね、『キャンピングカー』よ！」

「きゃ、きゃんぴんぐ……かぁ？」

ミランダが言いにくそうに首を傾げる。

「ほら、家族旅行に行く予定もあることだし、ノアは幼いから長時間の移動では眠ってしまうでしょう。こうしてベッドになれば横になれますし、大人だって足を伸ばして楽に旅ができますわ！」

呆然としているミランダに、言い訳のように作った理由を並べ立ててしまう。

すると――

「ですが、淑女が足を伸ばして馬車に乗るなど……」

そこなのミランダ？　というような指摘を受けてしまった。

「そこは膝かけなどで隠してしまえばいいのよ」

「旦那様も困惑してしまいますよ？　奥様はもう少し殿方の前で恥じらいを持ってくださらないと。

なにかあってからでは遅いのですよ」

「まぁ！　旦那様がそのような酷いことをなさるわけないですわ」

だって女嫌いなのよ。指一本触ってきませんわよ。

「奥様……」

なんだかアホの子を見るような顔だわ。

「わかりましたわ。旦那様とは馬車を別々に――」

「それはなりません!!」

ミランダが慌てて私の言葉を遮《さえぎ》った。

なに、どうしたの？

「奥様、ご旅行はやはりご家族ご一緒の馬車でなくては！」

「は、はい」

ミランダの必死の形相に、頷くことしかできなかった。

「ゴホンッ、ところで奥様、この仕様の馬車はこちらの一台だけでございますよね？」

「え、まさか！　もう一台作ってもらっているわ。だってあなたたちが乗る馬車も必要じゃない」

「ぇ……、予備、ではなく、私どものために作ってくださるのですか……？」

ぽかんとするミランダに、当然でしょうと伝えると、何故か涙ぐんでお礼を言われたのだった。

「――では、後日公爵邸に馬車の納品にお伺いしますんで。よろしくお願いします」

「ええ。できれば今公爵家で所有している馬車は全てキャンピングカー仕様にしたいのだけど、できそうかしら？」

「お時間さえいただけりゃあいくらでも！　そうそう、他にも奥様のアイデアから思いついたこともあるんで、また見てもらえると助かりますよって」

「まぁっ、それは楽しみだわ！」

近々、馬車の納品とアイデア披露の場を設ける約束をし、車庫を出た。

「奥様は、いつの間にあのような者と接触されていたのですか？」

「前に、この領地の各業種の代表者を集めて有識者会議をおこなったことがあったでしょう。その際にイフからご紹介いただだいた方が数人いたのよ。その中の一人ですわ。それで手紙のやり取りをしていたの」

「ということは、他にもああいった方がいらっしゃるのですね……」

「もちろんよ。公爵領の技術者たちは皆、素晴らしいわ！　わたくしのアイデアを形にするだけでなく、次々と新しいことに挑戦し技術を生み出していくのですもの」

「それは……、奥様のおかげですね」

「わたくしは案を出しただけですわ。それが使えるまでになったのは、ひとえに皆様の努力の賜物《たまもの》ですもの」

私だけなら形になんてならないわ。

「私は、素晴らしい奥様にお仕えでき、本当に幸せでございます」

「どうしたの、急に⁉」

深々と頭を下げるミランダに慌ててしまう。そんな私たちを、護衛は目を細めて優しげに見守っていた。

なにがどうしてこうなったの？

SIDE　専属侍女ミランダ

「――ということがございました」

いつものように、奥様に関してウォルト執事長にご報告すると、さすがに『きゃんぴんぐかあ』という馬車に関しては目を見開かれ、他言無用だと厳しく言い渡されました。

「奥様は、またとんでもないものを開発されたのですね」

「はい。馬車界に革命が起こるかと」

「早急にその車大工に口止めをしなければ……」

ウォルト執事長はそう言うが、あの車大工が情報漏洩をするなどあり得ないでしょう。奥様の魅力に完全に嵌《は》まった瞳をしていましたし。

「他にも、以前おこなわれた有識者会議で集まった方々と手紙のやり取りをされているようで、奥様のアイデアをもとに、皆様、開発を進めているようです」

「わかりました。その者たちとも連絡を取ってみましょう。ミランダ、あなたは引き続き奥様と行動をともにし、お守りするのですよ。くれぐれも他言無用で頼みます」

私は貧乏とはいえ、一応子爵家の生まれということもあり、運良くディバイン公爵家に雇用されました。その結果、イザベル奥様にお仕えできたことは、自身の幸運を全て使い果たした奇跡だと思っております。たとえ皇帝陛下に奥様のことを教えろと言われても、仮に拷問されても、決して秘密を漏らすことはないでしょう。イザベル奥様は、私の大切な方なのですから。

「かしこまりました。それでは失礼いたします」

◆　◆　◆

「君はまた、とんでもないものを作ったそうだな」

公爵様の執務室に呼び出された私は、若干呆れ顔になっている彼に首を傾げた。

「あの……、とんでもないものとはなんですの？」

「……馬車だ。きゃんぴんぐかあ、と言ったか？」

「キャンピング馬車が、とんでもないものですの？」

目を瞬《またた》かせれば、旦那様は「君にとってはその程度のことなのだろうな」と息を吐く。

「まだ実物を見てはいないが、車輪にゴムを使い、振動を軽減したと聞いた。さらに内装も、座り心地のいい座席が、ベッドになるのだとか……。想像もできないが、今までにない馬車なのだろうということはわかる。納品されたら乗ってみてもいいだろうか」

公爵様ったら、新しい馬車にすぐ乗ってみたいから私を呼んだのね！

「もちろんですわ！　公爵家の、旦那様の馬車ですもの！」

「私の馬車……。まさか私のために……」

え？　なんて言いました？

「そうだわ！　座席に使われたスプリングは、ベッドやソファにも転用できますのよ。そのうち、寝具などを作ってもよろしいかしら？」

「なっ、寝具……」

何故か公爵様が狼狽しているわ。

「ダメですの？」

「そ、んなことはない。その、楽しみにしている」

「はい！」

公爵様からお許しも貰ったし、ノアのベッドから作りましょう！

「生き生きしているな」

「そうでしょうか」

「ああ。君はなにかを作ることが好きなようだ」

私、職人ではないですけどね。でも――

「大切な人のためになにかを作れるのって、楽しいですから」

公爵様は眩しそうに目を細めると、そうか、と呟いた。

今日は、天気がいいから窓からの日差しが眩しいのよね。目を細めるのも当然だわ。

「ところで、公園の件だが、土地の整備はすぐにでも着手できるようなので近々始める予定だ」

「人手は大丈夫ですの？」

「ああ。新素材や、君の店の関係で雇用問題が改善しただろう。その評判を聞いて、移住者が仕事を求めてやってきたのでな。雇うことにした」

いい流れに乗ったみたいね！

「あ、公園の内部に、ビュッフェスタイルのレストランやキャンプ施設を作っても面白そうだと思いましたの。あとは夜間にイルミネーションを飾ることで、犯罪発生率も下げられるのではないかと思っておりますのよ」

「……イザベル、私は君がなにを言っているのか理解できていない。一から丁寧に説明してもらえるか」

そうよね。私ったら、好きなことについては早口になってしまうこの癖、また出てしまったわ。前世からなのよね。

「申し訳ございませんわ。少しその、心が逸《はや》ってしまいましたの」

落ち着かないといけませんわね。きっと今、顔が赤くなっていますもの。

「……いや、そこも君の可愛いところだと思うぞ」

え、今なんて？　公爵様の声がすっごく小さくて聞き取れなかったわ。

「ゴホンッ、それで、まずは『びゅっふぇースタイル』と言ったか」

「あ、はい。ノアのお誕生日におこなった食事方法を覚えていらっしゃいますか？」

「ああ。大皿に食べ物を盛って、テーブルに並べていたあれだな」

「はい。ああいった形式のレストランならば、人手もあまり必要ありませんし、色々な料理を味わえますわ」

「なるほど」

「特に子供と大人の好みは違いますでしょう」

「そうだな」

「あのスタイルならば、皆が楽しめるレストランができるのではないかと思いますのよ」

公爵様の相槌《あいづち》に応えるように、丁寧に説明していく。

そういえば、ウォルトの姿が見えないわ。

途中でそのことに気付いたけれど、公爵様もビジネスの話に夢中なのだろう。私（女性）と二人きりということに気付いていないようなので、そこには触れないでおくことにする。

「レストランがあれば、お手洗いをそちらで済ませることもできますし。騎士団の施設を敬遠されるご令嬢もおりますものね」

「ああ、確かにそうかもしれないな。それに、公園の規模が大きくなりそうだと思っていたところだ。そういった施設を数ヶ所設けるのはいいかもしれない」

「はい。あとはイルミネーションですが、公園の木々に明かりを灯すことによって、あたりが明るく、華やかになり、犯罪の防止に繋がるのではないかと思いましたの」

夜に散歩をする人もいるし、薄暗い公園が犯罪者の溜まり場のようになってもいけないものね。都合のいいことに、こちらの世界では魔力さえあれば明かりを灯すことも可能だし、火事の心配や、電気代を気にする必要もないわ。

「街灯ではなく、木々に明かりを灯すというのか」

「街灯も設置しますが、なんというか……そう、木々をデコレーションするイメージですわ」

「木々をデコレーション……」

あら、公爵様の眉間に皺《しわ》が寄ってしまったわ。上手く伝わらなかったみたい。

「パーティーでお部屋を飾り付けるのと同じように、公園の植物も飾ってあげるのです。ほら、夜って暗いのでお散歩もできませんし……。ですが、お祭りのように明かりで飾りつけてあげれば、皆、安心してお散歩できますでしょう」

「ほぅ……」

「夜に、きらきら光る木々の中を、恋人や夫婦でお散歩できるのも素敵ですわ」

「それは……っ、確かにいいかもしれないな」

公爵様は頷き、無表情ながらも、私の話を楽しそうな雰囲気で聞いてくれる。

「そして、キャンプ施設――キャンプ場ですが、野外で一時的に生活する場所を人工的に作ると言いますか……。目的は、自然と直接触れ合い、その美しさを感じながら、子供たちに自然を知ってもらうというもので……。とにかく、野外で生活をすることで、環境意識や自然認識力が養われていくのですわ」

「……なるほど。あえて子供たちを野外で生活させ、自然への適応力を上げる訓練をおこなうということか。人工的に作った場所であれば、安全性も高く、子供であっても訓練が可能……」

え、なにか違うわ。私はバーベキューや虫取り、火起こし、そして飯盒《はんごう》でご飯を炊くとか、そんな楽しい場所を作りたいだけなのよ。どうして、訓練だと思われているの？

「旦那様っ、訓練ではございませんわ。これは、キャンプという楽しい遊びですのよ。野外という開放的な場所で、皆でわいわい焚火《たきび》を囲み、自分たちで調理をし、お食事をして、テント内部には宿屋のようにベッドや絨毯《じゅうたん》、クッションなど用意しておき、疲れたらそこでお休みするのです」

「……つまり、騎士団の森での訓練と同じだろう」

違いますけど!?

「いいえ、キャンプ……わたくしが考えるのはグランピングですが、それは森の中の宿に泊まるイメージですの。少ない荷物で行ける、自然と非日常を楽しむ小旅行ですわ。テントのような小屋をたくさん建てておいて、内装はお邸《やしき》のお部屋のように整えるのです。そして、屋外用のソファを置いて、自然の中でお食事をするのですわ」

「……全く想像ができないが、もしかして、そのきゃんぷというものは、令嬢も参加するものなのだろうか」

イメージが訓練に固定されているのか、キャンプがどういうものかさっぱりわからないらしい。

公爵様は少し困ったように眉尻を下げる。

「そうですわ。ただ、もしかしたらご令嬢には抵抗があるかもしれませんし、一度詳しく文書に纏《まと》めてイメージ画とともに旦那様に提出いたしますので、それを見てご検討いただけると嬉しいですわ」

「ああ、そうしよう。君は不思議なことを考える女性だな」

前世の知識ですものね。公爵様だから受け入れてくれているけれど、きっと他の人なら顔をしかめることなのでしょうね。

「旦那様がわたくしのアイデアを柔軟に受け止めてくださるので、色んなものを作ることができますわ」

「そうか……。君の役に立てているのなら良かった」

公爵様、こんなことを言う人だったかしら。

「イザベル、先程言っていた『いるみねーしょん』だが、すぐに実践できる話だと思う。だから、まずは実験的に領都の街路樹でおこなってみてはどうだろうか」

「それは素敵ですわ！　ではすぐに企画書と、どういった道具が必要か、そして予算なども計算して旦那様にご報告いたしますわね」

「ああ。忙しいだろうから、あまり無理はしないように。それと、新たな馬車が納品されたらすぐに教えてくれ」

「承知しましたわ！」

早速イルミネーションの企画書を作らないと。

「それでは失礼しますわ」

「ああ。夕食はともにしよう。もちろん公子も」

「はい」

最近ほぼ毎日公爵様と夕食をご一緒しているのよね。しかもノアも一緒にと言ってくださるようになったのよ。やっぱり、公爵様は変わったわ――

◇◇◇

「「「「よいしょー!!」」」」

領都の壁の外で、公園建設予定地の整備が始まってからひと月が経った。

整地だけでもまだまだ時間がかかりそうな広大な土地の一部で、男たちが木を抜いたり、土を掘ったりと賑やかに働いている。壁の外をこんなに近くで見るのは初めてだけど、森というほど木々が生えているわけではなく、どちらかというと、岩がゴロゴロしていて、整地が大変そうな場所だった。

ディバイン公爵領って、こんな土地を開墾して発展させてきたのね……。これは大変だわ。

「魔物とか、出たりしないのかしら……」

「森はここからかなり離れた場所にある。魔物が棲《す》むのは森だからな。ここまでやってくることは滅多にない」

隣にいた公爵様はそう言うが、滅多にってことは、たまにはやってくるってことよね？

「騎士に巡回させているから大丈夫だ」

不安な気持ちが顔に出てしまったのか、公爵様がそう教えてくれて少し安心する。

資材搬入のために壁の一部を壊しているのだから、巡回は当然強化しているわよね。

「旦那様、今日は視察に連れてきていただきありがとう存じますわ」

「いや、私も見に来たいと思っていたのでちょうど良かった。それに君の開発した新たな馬車を、整備されていない道で試すいい機会だったのでな」

そうだったのね。さすが公爵様、抜かりないわ。

「やはりスプリングという部品と新素材で作った車輪……『タイヤ』と言ったか。これは素晴らしいな。前まではこのような悪路を馬車で通ることなど不可能だったが、この馬車は、多少の悪路ならば無理なく走ることができる」

そうなのだ。パブロの樹液からできたゴムは頑丈で傷が付かないので、馬車の部品や外装全てを新素材で作れば、多少の悪路なら問題なく進める。

「ひと月使っているが、車輪が消耗しないので交換する必要もない。馬の負担も従来の馬車に比べ軽減されている。これは……、レール馬車は必要ないかもしれないぞ」

「そんなことありませんわ。レール馬車とタイヤの馬車はまた違いますもの。実際走らせてみなければわかりませんが……レール馬車は有用ですわ」

とはいえ、私もレール馬車は見たことも乗ったこともないから確実なことは言えないのだけど……

「そうか。君がそう言うのなら信じてみよう」

「ありがとう存じますわ」

先日、キャンピング馬車で帝都に行った公爵様は、普通五日（子連れで一週間）かかる道程を、四日で行けた上に、乗り心地も格段に良くなっていたことを大変喜ばれていた。それ以来、キャンピング馬車に夢中なのだ。

この世界において、領地から帝都の道程が一日短縮されることは、前世でリニアモーターカーの運行が決まったくらいの衝撃なのよ。

そして、そんな馬車を作った私を信頼してくれるようになったのだ。

「そういえば、旦那様は前までは、一旦帝都に行くと数ヶ月は帰ってこられなかったのに、今回はお早いお帰りでしたよね。どうしてですの？」

帝都に行ってから僅か二週間ほどで帰ってきたわ。

「それは……。君を一人にするのは心配だからだ」

「え」

なにをしでかすかわからないってこと？　確かに色々アイデアを出して作ってもらっているけれど。

「一緒に……ゴホンッ、その……、そばにいたいと思ってはダメだろうか」

「ですが旦那様、わたくしがそばにいては、ご気分が優れないのではございませんの？」

他に聞こえないよう声をひそめて尋ねると、「君は特別だ」と言われた。

どうやら、特別に監視する必要があるらしい。最近立て続けにやらかしているのは自覚している。

「イザベル、外は暑い。そろそろ馬車の中へ入ろう」

確かに、近頃ますます暑くなってきたものね。旦那様の氷魔法のおかげで、馬車の中はエアコンが効いているように涼しいのだけれど。

「皆様も水分補給はしっかりされているのかしら？　暑いですし、倒れる方が出ないか心配ですわ」

「君が新素材で開発した『タンブラー』を皆に支給している。こまめな水分補給を推奨しているので大丈夫だ。風は通るから木陰ならば十分涼しいし、休憩場所には庇《ひさし》もあるので君が心配することはなにもない」

あら、なんだか公爵様がムッとしているわ……急にどうして？

「先程から君は、あの男ばかり見ているな」

「え？」

「私よりも……若い男だ」

はい？　若い男？　それはまぁ、土木作業されている方々の中には若い男性もおりますが、あの男って、誰ですの？

「そんなに気になるのか……」

「旦那様？　わたくし、あの男というのがどなたかわからないのですが？」

「……君が見ている方角にいるあの若い男だ」

「――？　ああっ、わたくしが見ておりましたのは、その向こうにいらっしゃるお年を召した方ですわ。この暑さで倒れてしまわれないか心配で……」

「っ⁉　そ、そうなのか。私はてっきり……」

ハッ！　もしかして、男漁りしているって思われている⁉

「旦那様！　わたくし、男性に興味はございませんわ。わたくしはノア一筋ですもの！　子育てで手一杯ですのよ。

「っ⁉」

さ、誤解も解きましたし、涼しい馬車に戻りましょう。

『アハハッ、なにそれ。おもしろーい』

『オモシローイ！』

『ウケルー‼』

ん？

「旦那様、なにかおっしゃいましたか？」

「いや……」

気のせいかしら？

『うーん、聞こえてないっぽいね』

『ポイ！』

『ポイ‼』

『見えてもないし』

『ゼンゼーン！』

『ミエテナーイ‼』

『でも、周りにはたくさんの光が飛んでいるね』

『ナカマ！』

『タマゴ‼』

『男の方はボクら妖精どころか、神の加護持ちだし。彼女に惹かれているのかな？　彼女、綺麗な色をしているし、フローレンスも気に入っていたもんね。ボクも気に入っちゃった』

『キニイッタ！』

『キニイッタ‼』

「――くしゅんっ」

「イザベル、風邪か？　馬車が冷えすぎているのか」

「あ、いえ。土埃《つちぼこり》でクシャミが出ただけですわ」

「……君は風邪ですら命にかかわりかねない。帰ったら医師に診《み》てもらおう」

「え、大丈夫ですわよ」

クシャミ一つで、公爵様が随分心配性になってしまったわ……

◇　◇　◇

数日後。

「ちょっと、ちょっと、ちょっと！　どういうことなのよ！」

パブロの樹液に炭と硫黄《いおう》を加えたもののサンプルをいくつか用意し、おもちゃに使えないか、質感を確認していた時のことだった。

突然背後から聞こえた声に、手に持っていたサンプルを落とし、心臓が口から出かけるほどビクッとした。そーっと後ろを向くと、やっぱり予想どおりの人が立っていて、大きく息を吐く。

「皇后様！　いつも言っておりますでしょう。驚かせないでくださいまし！」

「イザベル様！　そんなことより、あの馬車はなんなの!?　今しがたテオ様が登城された際に、たまたま、偶然っ、あの馬車を拝見したのだけれど、なんだかシュッとしてて、本体も車輪も黒くて、テオ様の魅力をより引き立てる馬車になってたわよ!?」

皇宮から転移してきた皇后様がグイグイ迫ってくる。その後ろに、小さな手足がチラリと見えた。

「まぁ、イーニアス殿下、ご機嫌麗《うるわ》しく」

「イザベルふじん、ははうえがすまぬ。またおじゃまするぞ」

「イーニアス殿下でしたらいつでも大歓迎ですわ。ノアのお部屋まで案内いたしますわね」

「うむ！」

ミランダを呼ぶと、部屋にいつの間にか皇族がいるのでギョッとしただろうにおくびにも出さず、イーニアス殿下をノアのところへ案内する。

あの誕生日パーティーをきっかけに、お二人はたまに公爵様の領地にやってくるようになった。

普段来る時は前もってお手紙が来るのだけれど、今日は新型キャンピング馬車を見て、急遽《きゅうきょ》やってきたらしい。

「それで皇后様、新型の馬車は前に旦那様が登城した時にも乗っていましたよ」

「なんですって⁉ そんなの噂にものぼってなかったわよ！ まさか前回の登城では、タウンハウスで馬車を乗り換えたとでもいうの⁉」

ああ、それはあるかもしれないわ。あの時は実験がてらキャンピング馬車に乗って帝都まで行かれましたけれど、皇城に乗っていくとは限らないし。

「イザベル様！ あの馬車っ、新型だって言ったわよね⁉」

近い近い！

ぐいぐい来るので、身体が仰《の》け反《ぞ》っていく。

「え、ええ。そうですわ。長距離の移動用にシモンズ伯爵家とディバイン公爵家で共同開発しましたのよ」

表向きはね。

「そんな表向きのお話は結構よ！ どうせイザベル様が考えたのでしょう。それより、あの馬車が見たいの‼」

「それは、旦那様に言っていただければ」

「テオ様が見せてくれるわけないでしょう！　アタシはイザベル様じゃないのよっ、だからここまで来たんじゃない」

「そ、そうでしたの？」

だから近いですわよ⁉

「お願いよ！　新型馬車を間近で見たいの！　そしてできることなら欲しいのよ‼」

「構いませんわよ。注文は、『ベル商会』を通していただければ、融通《ゆうずう》いたしますわ」

「いいの⁉　って、『ベル商会』？　聞いたことがないけれど……、もしかして、イザベル様の商会かしら？」

「そうですわ」

『ベル商会』とは、旦那様とウォルトが勝手に作っていた商会だ。なんでも、私が次々と新しいことを始めるので、商会を作った方がいいと判断されたらしい。とはいえ、表に私が出ることはなく、運営はウォルトが選んだ人材に任せてある。

あの人、本当に顔が広いのよね。お友達が一人もいない旦那様とは正反対だわ。

「やっと商会を作ったのね。遅いくらいよ」

「え、遅いですか？」

「ええ。本当なら、『おもちゃの宝箱』より前に作るべきだったわね」

最初からってこと？　『おもちゃの宝箱』だって本当は作る気なんてなかったのに、どんどんことが大きくなっていっているし。

「それで、新型馬車はここにあるのよね？」

「もちろんございますわ。どうせなら、殿下も一緒にご覧になってはいかがでしょうか？」

「そうね！　アスはノアちゃんのところよね。アタシ、ノアちゃんにも会いたかったのよ。テオ様そっくりで可愛らしいし、テオ様の子供時代を妄想……いいえ、想像できるもの」

「そうですわね。でも髪色は前妻様に似て綺麗な銀髪で、スカイブルーの瞳をより引き立てておりますわよ」

落としたサンプルを片付けながら、可愛い息子の話に花を咲かせる。

「前妻ねぇ……。イザベル様、あの女についてなにも聞いてないの？」

「前妻様のことですか？　わたくし、社交界にもデビュタントの際に顔を出しただけの引き籠《こ》もりでしたので、どういった方かも存じ上げないのですわ」

「あなたって本当、外見と内面が合ってないわよね」

それ、褒められているんですか？

「あの女は、あなたと違って社交界では評判が良かったわよ」

「わたくし、評判が最悪ですものね」

「あなたの場合は単なる嫉妬よ。外見が良すぎるのも問題よね」

良すぎるというか、悪女そのものですもの。

「って、あなたのことはいいのよ。あの女よ、あの女！」

あの女って連呼しているけど、皇后様ったら、前妻様に恨みでもあるのかしら？

「あの女はね、アタシより三つ上だったんだけど……」

現在の皇后様が二十二、三歳だから、前妻様が生きていれば二十五、六歳よね。ノアが四歳だから、出産当時は二十一、二歳。お若くして亡くなられたのね……

「当時からテオ様は、それはもう素敵で、令嬢たちは皆テオ様を狙っていたわ。アタシはもう朕に嫁いでいたから希望なんてなかったけど、あの年代の淑女たちの結婚が遅かったのは間違いなくテオ様のせいね」

独身時代の公爵様、罪な方だったのね。

「それでね、あの女は社交界の華だったの。オリヴィア側妃が花の妖精なら、あの女は白銀の妖精姫と呼ばれていたわ」

白銀の妖精姫……ノアと同じ銀髪美女なら当然の通り名かもしれないわ。氷の大公と白銀の妖精姫、お似合いね。

「けどね、これがもう……っ、本性は、妖精姫の名前を見事に裏切る最っ悪な女でね。テオ様のことが好きすぎて、テオ様に近寄る令嬢たちに危害を加え、テオ様のストーカーをするわ、テオ様に相手にされないとわかると自傷行為に走るわ、まぁありとあらゆることをやり尽くすトンデモ女だったのよ。それをまたうまくやるから社交界での評価は高いままでね」

エェ⁉

「それは……、旦那様はその、随分と狂愛されておりましたのね」

でも、女嫌いの旦那様が好きになった方なのだから、それはただの噂かもしれないわね。本当は、楚々《そそ》とした方だったのかも。

「アタシも危害を加えられたのよ。しかも何度も。ムカつくことに、証拠を残さない狡猾《こうかつ》な女だったけど」

「皇后様に危害⁉」

「そうよ。そこらの破落戸《ごろつき》に襲わせたり、階段から突き落としてきたり、色々よ」

危害というか、暗殺未遂では⁉

「旦那様は、熱狂的な方を愛されたのですわね」

「なに言っているの⁉　テオ様があんな女を好きになるわけないでしょう！」

皇后様が恐ろしい剣幕でまくしたてる。

「でも、ご結婚されておりますが……？」

「あの女が、テオ様に穢《けが》されたから責任取れって訴えたのよ！」

テーブルに思いっきり掌を叩きつける皇后様に、顔が引き攣《つ》る。

ちょ、皇后様、私の部屋のものを壊さないでくださいね。というか、今聞き捨てならないことをおっしゃったけど、本当なの？

「あの、旦那様が、女性を襲った……？」

「そうよ！　絶対あり得ないでしょ！　テオ様は女性嫌いなのよ⁉　全く相手にしてなかったあの女を……っ、しかも皇帝派に与《くみ》している女を、襲うわけあるか‼」

落ち着いてください。

「ですが、実際ノアを産んだのですよね？」

「そこよ……」

皇后様はなんとか息を整え、私を見た。

「……アタシの考えでは、あの女がテオ様を襲ったんじゃないかって思っているの」

「はい？　ですが、あの旦那様ですわよ」

帝国最強と言われている男性ですもの。女性に……というのは少々無理があるのではないかしら。

「そんなの薬を盛ればなんとでもなるわよ。それに、朕があの女に協力したんじゃないかって気がするのよ」

「皇帝陛下が？」

「ええ。あの女、テオ様に穢《けが》されたって朕に訴えたのよ。いくら皇帝派といえど、たかが子爵令嬢がそんなことできないでしょう」

「確かに、令嬢がそういったことを表沙汰にするのも考えにくいことですが……、わたくしは前妻様のことを全く知りませんの。ですから、本当に前妻様が旦那様を嵌《は》めたのか、それはわたくしにはわかりかねますわ」

「……そうよね」

「ですが、旦那様が、女性を襲うなどという卑劣なことは、絶対にされない方だということは知っております」

「そうでしょう！　テオ様はそんな人じゃないのよ！」

公爵様は、女嫌いで無表情で冷たい印象だけど、領民にも部下にも慕われているすごい人なのよ。そして、不器用な人だもの。

「イザベル様ならわかってくれると思ったわ」

「けれど、これはここだけの話ということにしてくださいませ。そのようなこと、ノアには知られたくありませんわ」

「ええ。もちろんよ。それにアタシもあの女の悪口が言いたかったんじゃないの。イザベル様には、テオ様が特別に思っているのはあなただけということを知ってもらいたかったのよ」

公爵様の特別？

「だってあなた、どこか遠慮しているように見えたから」

「遠慮、ですか？」

「なんというか……色んな理由をつけて、テオ様に恋愛感情を持たないようにしている、みたいな？」

はい？

「だから、前妻のことは気にせず、思いっきりテオ様を愛してあげて！」

皇后様からの予想もしない言葉にしばらく呆然としていたが、その後、皇后様に激しく催促され、約束どおり馬車を見せるために、子供たちとともに馬車置き場へと移動した。

「へんけいばしゃだ！」

「へんけー！」

新型馬車の座席のスライドと、ベッドに変わる様《さま》を目の前で見たイーニアス殿下とノアは、それはそれは大はしゃぎしている。

「イザベル様！　なんなの、この規格外な馬車は‼」

馬車が見たくてわざわざ転移してきた皇后様は、さっきから子供たちよりも騒いでいる。

「長距離を走るとなると、どうしても振動が気になりますし、身体も疲れますでしょう。小さな子供には負担になりますし。それをこの新素材の車輪と、スプリングというバネを駆使して軽減しましたの。また疲れた時には横になれるよう、座席もフラットにできるようにしましたわ」

公爵様にもウォルトにも伝えた説明を皇后様にすると、目が爛々《らんらん》と輝き出すではないか。

「革命だわ！　これは馬車だけでなく、色んなものに応用できるわよ……。イザベル様、あなた天才よ！」

「いえ、わたくしではなく、これを作った方々が天才ですのよ」

私は前世のふわっとした知識をもとに提案しただけだし。それを形にする職人さんって本当にすごいわ。頭の作りが違うのかしら。

「なに言っているの！　こんな発想する人が天才でなくてなんなの⁉」

なんだか複雑だわ……

「……ねぇ、もしかして……」

皇后様は座席の感触を確かめ、しばらく眺めたあとに呟いた。

「イザベル様のことだから、この座席のように反発性の高い、ソファや寝具を作っているのではないの？」

「っ……さすが皇后様。勘がよろしいこと」

「やっぱり。それももちろん、ベル商会で取り扱っているわよね」

皇后様の目が光る。

この人、このスプリングがなにに転用できるか考えていたのだわ。恐ろしく頭の回る人なのね。

「……これは、早く朕を退位させないと……」なんて呟きは聞こえなかったことにしましょう。


馬車の中で座席をフラットにし、皇后様とソファや寝具の話をする。子供たちはベッドになった座席に転がりながら楽しそうにお喋《しゃべ》りしていた。

「ノアはばしゃに、のったことがあるのか」

「はい！　わたち、りょおちから、てえとまで、いっぱい、のったのよ！」

「む!?　いっぱい、のったのか」

「いーっぱい、よ！　がたがた、がったんしたの」

「がたがた、がったん……。たのしそうだ」

「おちり、いたいいたい、なったのよ」

「なに、おしりが!?」

「おかぁさまがね、わたちのおちり、われちゃった！　っていってたの」

「ノアのおしりが、われたのか⁉」

ノアの話に真っ青になったイーニアス殿下が、自分のお尻を押さえて私を見てくる。

皇后様は大笑いしている。カミラがイーニアス殿下の誤解を懸命に解き、最終的に「お尻は、はじめから割れている」と納得させたのだった。

その後、イーニアス殿下が皇后様に訴える。

「ははうえ、ノアはばしゃにのったことが、あるそうなのです。しかし、わたしはのったことがありません」

「あら、今乗っているじゃない」

「ちがいます！　うごいているばしゃに、のったことがないのです」

「そういえばそうねぇ。アスは宮の外に出ることがないから……」

チラリと私を見る皇后様に、失礼ながら溜め息が出た。

「公爵邸の庭を少し走らせましょう。準備しますので少々お待ちください」

「あら、悪いわねぇ。イザベル様」

新型馬車、ご自分が一番試乗したいのですよね。お顔がワクワクしていますわよ。

SIDE　？？？

「あーあ、あったま悪いヤツばっかりじゃねぇか。お互いに目障りなヤツを消そうと勝手に動いて自滅して、バカしかいねぇのか」

タイラー子爵とかいう、存在もしない人間に化けていても、誰も気付かねぇし。帝国最強とか言われているテオバルド・なんたらディバインだっけ？　そいつも、全く気付きもしねぇ。

「ハッ、なにが最強だよ。こっちはオレに辿り着くヤツがいるかもって、わざわざテキトーなことしてやってんのに、つまんねぇなぁ」

クソ皇帝ご自慢の部屋に勝手に入って、机に足を乗せ、椅子を後ろに傾け揺らす。指を鳴らすと大量の菓子が現れた。それを鷲掴《わしづか》みにして食らう。

「それにしても、皇帝の奴……。洗脳して、欲も増幅させているってのに、なんで思いどおりに動かねぇかなぁ……さっすが皇族。クソしかいねぇわ」

金ピカだらけのダセェ部屋の中で一人、デカい声で喋《しゃべ》る。

だってここにはオレしかいない。大騒ぎしても誰もやってこない、オレだけの世界。『夢の中に作った』、オレだけの皇宮だ。

「こっちの方角だっけ……」

菓子を口に含みながら、椅子の方向を変える。

「あーあ、早く大きくなんねぇかなぁ。オレの皇子サマ」

この方角の宮には、オレのダイジな皇子サマがいる。きっとあのコも、今頃は夢の中だ。

第八章　妖精現れる

『ずーっとついてまわっているのに、全然気付かないね』

『キヅカナイ！』

『ニブイ‼』

『でも面白いものをたくさん作り出している。楽しい子だよね』

『タノシー！』

『キョウミブカイ！』

『やっぱりボクらのこと、見てほしいな』

『ミテホシイ！』

『ミルベキ‼』

『ふふっ、眠っている間に、目に「祝福」を刻もう』

『キザモー！』

『キザモー‼』

『さぁ、二人とも手伝って。この子はボクらの力が効きづらそうだから、ちょっと大変だよ。ほら、ボクの指に妖精の光を集めて』

『アツメル！』

『シュウチュー!!』

『こうやって瞼《まぶた》をなぞって……はいっ、完成！　これで明日にはボクらが見えるようになっているさ』

『ミエル！』

『クリア!!』

◆　◆　◆

「――……ギョエエェェエ!!」

「奥様!?　どうされたのですか!!　なんですか、今の蛙が潰れたような悲鳴は!?」

朝、前日の疲れも残らずスッキリ目覚めた私は、『奥様エステ隊』のマッサージの腕の良さを実感しながら伸びをし、誰もいない部屋をぐるりと見回した。

その時だ！　窓のそばに、オリヴァーくらいの年齢の男の子が立っていることに気付いたのだ。

髪はプラチナブロンドで、エアウェーブショート。顔立ちは整っている。

なっ、誰なの!?

まだ夢の中なのかもしれないと思い、目をこする。

その上で男の子をよく見ると、その両肩でなにかが動いているではないか。

なに、アレ……？　小さな……キノコ？　赤色のカサと青色のカサのキノコだわ。

オリヴァーくらいの男の子は、なんでか全身がキラキラ光っている。いや、男の子だけじゃない、両肩のキノコまでもが光っている。

もう一度目をこすり凝視すると、男の子には透明……虹色……？　の羽のようなものが生えていた。

「御伽噺《おとぎばなし》に出てくる妖精みたい……」

あまりに幻想的な光景に目を奪われ、不審者が部屋にいるというのに、恐怖心など全く湧いてこないことが我ながらただただ不思議だった。

『…………、…………！』

『……！』

『……!!』

『…………、…………』

ん？　なにか口をパクパクしている。

「なんというか、なんでわたくしの部屋に男の子がいるんですの？　白昼夢？」

『……！』

『……!!』

「え、なに、全然聞こえない……」

ん？　指……？

キラキラ光っている男の子が、右手の人差し指を顔の横に立てる。そして、両肩のキノコたちが突然強く発光したかと思うと、彼の人差し指の先に光が集まっていくではないか。

男の子は、その人差し指で宙になにか文字のようなものを描く。次の瞬間、光の文字は突然パンッと二つに分かれ、こちらに飛んできて、私の両耳の中に入ったのだ。

「えぇ⁉　なに、コレなに⁉」

『――、これで聞こえる？』

『キコエル！』

『キコエル‼』

「ヘェエ⁉」

やっぱり白昼夢だわ。私、白昼夢なんて初めて見た。

『ねぇねぇ、君面白いね！　魂が変わっているよ』

『オモシロイ！』

『オカシイ‼』

キラキラ光を飛び散らしながらベッドの横に飛んできた男の子は、そう言ってニコニコ笑う。

肩の上のキノコたちは、よく見ると動くキノコではなく、キノコの帽子をかぶった小さな……妖精⁉

「だ、だ、だ、誰ですの⁉」

『えー？　誰って、知っているでしょ？』

『デショ！』

『シッテルー!!』

「し、知りませんわよ！　会ったこともありませんし、何者ですの!?」

ベッドの上で後ずさっていくと、男の子が笑みを深めた。

『ボクら、君たちの言う「妖精」さ！　有名だから知っているでしょ』

『ユーメー！』

『シッテルー!!』

『フローレンスのそばにいたのだけど、君があまりに面白いから、様子を見ていたんだ。そしたら、オモチャとか、美味しいお菓子とか、なにか楽しくなっちゃって。でも君、ボクらが見えないでしょ。だから、見えるようにしちゃった！』

『シチャッタ！』

『ユメジャナイ!!』

しちゃったって……え、夢……じゃない……？

「…………ギョエエェェェ!!」

——というわけで、悲鳴を上げながらベッドから落ちた私の部屋に、ミランダが駆け付け、冒頭に戻るのだけど。

「ミランダ！　あれっ、あれが見える⁉」

「はい？　ベッド、ですね。それより奥様、ベッドから落ちたのですか⁉　お怪我はございませんか！」

「だ、大丈夫。じゃなくて！　ベッドの向こう側にいる人が見えないの⁉」

「人？　あの、誰もおりませんが……。もしかして寝ぼけておられるのですか？」

ミランダには見えないってことは、本当に、妖精ェェ⁉　ど、ど、ど、どうして⁉　妖精が見えるのは聖女だけでしょ！　フロちゃんだけでしょ⁉

「奥様、怖い夢でも見られたのですか？」

現在進行系で見ているわ！

『君があまりに面白いから、ボクたちの姿を見られるようにしたのはいいんだけど、まさか聞こえないなんて予想外さ！　そういえば普通の人間にはボクらの声が聞こえなかったんだ。すっかり忘れていたよ』

『ワスレター！』

『ヨソーガーイ‼』

なんですってぇ⁉

「ミランダ、わたくしちょっと……ね、寝相が悪かったみたい。ベッドから落ちて動揺していましたわ。ごめんなさいね」

「いえ……、奥様、顔色が優れないようですが、本当に大丈夫なのですか？」

心配しつつ起き上がるのを手伝ってくれるミランダに、大丈夫だと伝え、後ろにいる妖精たちをできるだけ見ないようにする。

『なんで無視するの？　ボクら、君と喋《しゃべ》ってみたかったのに』

『シャベレー！』

『ムシスルナー!!』

喋《しゃべ》れーって言ってくるキノコたち、怖い！

「ミランダ、ごめんなさい。やっぱり調子が悪いみたい。少し休んでもいいかしら。一人にしてもらえる？」

「っ!?　かしこまりました。すぐに医師を呼びます。奥様はベッドでお休みください」

「医師!?　いえ、医師は大丈夫よ！　少し眠ったら元気になるわ」

「いえ、少しでも体調を崩すようなことがあれば、すぐ医師を呼ぶよう言われておりますので」

「え」

そう言ってミランダは私をベッドに寝かせ、早歩きで部屋を出ていった。

『行っちゃったね』

『イッチャヤッター！』

『イッチャャッター!!』

「いやいやいや、なんでわたくしを、妖精が見えるようにしてしまったのです!?」

この世界で聖女はただ一人、フロちゃんだけのはずよね!?

『面白そうだったからさ！』

『オモロー！』

『オモロー!!』

キノコたち、急に関西弁みたいになるのはやめなさい。

「そんな理由で聖女にしないでくださいまし!!」

『聖女？　違うよ。君は聖女じゃない』

『カンチガーイ！』

『ハズカシーイ!!』

え、聖女じゃないの？　妖精が見えるのが聖女の条件って聞いていたけれど……悪女だから？

『だって君、治癒魔法使えないでしょう』

『ツカエナイ！』

『ツカエナイ!!』

「妖精が見えたら治癒魔法が使えるようになるんじゃありませんの？」

『違うよ。治癒魔法は適性がないと使えないから。君には適性はないみたいだし、魔力量も少ないし、使えないでしょ』

『ツカエナイ！』

『ツカエナイ!!』

キノコたち、なんだか腹が立つわ。

「なら、妖精が見えるだけ？」

『そう。見えて喋《しゃべ》れるだけさ』

『ダケ！』

『ソレダケ!!』

そんな能力いりませんけど。

『君の周りの子たちは、君が見えるようになったから喜んでいるよ』

『ヨロコビノマイ！』

『オドリクルッテル!!』

周り？

妖精の少年にそう言われ、自分の周りをよく見ると、キラキラ光るなにかが、たくさん飛んでいる。

言われて初めて気付いたわ。

「このキラキラしたのは、なんなのですか？」

『それらは妖精の卵だよ。成長したらこんな風に小さな妖精になって、それがもっと成長したら、ボクの足のすねくらいの大きさになるのさ』

『シンカスル！』

『オッキクナル!!』

両肩に乗ったキノコを指差して説明してくれる妖精の男の子は、どうやら妖精の中でも成長が著《いちじる》しい子のようだ。

「そうですの……。あの、妖精さんには、怪我や病気を治す……なんてことはできますの？」

初めて会ったばかりで厚かましいかもしれないけど、治癒ができるなら、黒蝶花の毒も解毒できるかもしれないわ。

『うーん、残念だけど、ボクらは治癒魔法の適性がある子に力を貸すことはできるけど、直接治癒することはできないんだ。妖精だからね！』

『ヨーセームリー！』

『ヨーセーソーユーノシナイ‼』

妖精って一体……

「では、あなた方ができるのは、妖精の姿を見せたり、声を聞かせたりするくらいですの？」

『そうそう。あとは魔法の手助けをするのさ！』

『マホー！』

『テダスケ‼』

「魔法の手助け……。やはり、教会での祝福は、あなた方妖精と契約する儀式だったのでしょうか。妖精と契約するからわたくしたちは魔法が使えるようになるのでは……」

『それはちょっと違うよ。ボクらは基本的に契約なんかしない。契約するのは相当気に入った人だけさ！　もちろん強い魔法が使えるのは、精霊や神と契約している一族だけどね！　ボクらは単に気に入った人に力を貸すだけ。教会の祝福で魔法が使えるようになるのは、神が使用を「許可」するからさ』

『キョカー！』

『キョカー‼』

じゃあ、教会の祝福は、神様に魔法の使用を許可してもらうための儀式で、妖精は気まぐれに力を貸して、魔法の威力を増幅させるってこと？

「なら、わたくしがお願いすれば、わたくしの生活魔法の威力を上げてくれるの？」

『卵たちだと微々たるものかな〜。この子たちなら、目に見えて威力がアップするよ！』

『アカスゴーイ！』

『アオスゴーイ‼』

妖精の男の子がキノコを指さし、赤と青のキノコは胸を張る。ちょっと可愛くなってきたかも。

『でも君の場合、ボクらが頑張っても攻撃魔法で無双とかは無理だよ。そこまでの魔力も、攻撃魔法の適性もないもん』

『ナイナーイ！』

『ナニモナーイ‼』

「そうなのですか？　ちょっと無双できるのではないかしらって期待しておりましたのに」

『ザンネーン！』

『ムネーン‼』

キノコたち、妖精の男の子が話さなくても喋《しゃべ》れますのね。

『あ、でも君の旦那さんや息子くんならすごーいことになるかも！』

『カモ！』

『カモ!!』

「旦那様はもうすでにすごいので大丈夫ですわ」

ディバイン公爵家は代々氷の魔法に秀でている一族にもかかわらず、火柱まで出す人ですのよ。

妖精たちが力を貸したら、世界征服できちゃうわ。

『え〜、つまんなーい』

『ナーイ！』

『ナーイ!!』

「ウチの旦那様を魔王にする気ですの」

――ドンドンドンッ！　バンッ!!

その時、何事かというほど荒々しいノック音とともに扉が乱暴に開き、魔王……ゴホンッ、公爵様が部屋に飛び込んできた。

「イザベル！　大丈夫なのか!?」

その冷静沈着ぶりから氷の大公と二つ名を付けられる公爵様が、信じられないくらい慌てた様子で駆け寄ってくる。

「旦那様？」

「君が体調を崩したと聞いた。もし、君になにかあったら、私は……っ」

公爵様はなにかに耐えるように私を見ている。

もしかして、心配してくれているのかしら……

「あの、大丈夫ですわ。少しその……、寝不足？　そうっ、寝不足だっただけですの」

『八時間たっぷり熟睡して爽やかに目覚めたのに寝不足なの？　ヤバいね、君』

『ヤバーイ！』

『ヤバーイ!!』

黙らっしゃい！　妖精たち。

「寝不足……、隈《くま》はないようだが……。そうか、少し仕事を減らした方がいいかもしれないな」

「え!?　大丈夫ですわ！　寝不足なのは、えっと、そう！　貴族名鑑を読み耽《ふけ》っていたからですの！」

たまたまベッドサイドテーブルに置いていた貴族名鑑を、咄嗟《とっさ》に指さして言い繕《つくろ》う私に、公爵様は深い溜め息を吐いた。

「何故こんなものを寝る前に読んでいるんだ……」

「たまたまですわ。寝る前に文字を目で追うと寝付きが良くなるといいますし」

「それで眠れなくなっては本末転倒だろう」

「う……」

適当な言い訳が自分の首を絞めてしまったわ。

「申し訳ございませんわ……」

「いや……。毒の影響は出ていないか？　聖水を飲んでおいた方がいいのではないか」

『心配性だね。君の旦那さん』

『シンパイショー！』

『カホゴー!!』

顔色は悪くないようだな、と言いながら、起き上がっていた私を横にさせ布団をかけてくれる。

そして、すぐに医師が来るからと言って、ベッドサイドの椅子に腰を下ろしたではないか。

「旦那様、朝食は召し上がったのですか？」

「いや、君とともにと思っていたのだが……」

「わたくしは後ほどいただきますので、旦那様は先に召し上がってくださいませ」

『ボクらもご飯食べてみたい！　「すふれぱんけーき」っていうのが食べたいな！』

『スフレー！』

『パンケーキ!!』

妖精ってご飯食べられるの？

「いや、君が心配だ。ここで医師が来るのを待つとしよう」

「大丈夫ですわ」

『ねぇ、すふれぱんけーき用意してよ』

『ヨーイシロー！』

『イマスグニー!!』

ちょっと、この子たち本当に妖精なの⁉　人間から食べ物を奪おうとしているわよ！

『君がすふればんけーきを寄越さないなら、ボクらにも考えがあるよ』

『ヤッテヤルー！』

『ヤッテヤルゾー‼』

エェ⁉　なにをやる気なの‼

『ちょうど、祝福したらボクらのことが見えそうなのが、もう一人いるよね……』

『イルイル！』

『ソコニイル！』

「ちょっと、旦那様になにする気ですの⁉」

「イザベル？　どうした……っ」

妖精たちは自身を光らせると、公爵様に向かって例の光の文字を撃ち込んだのだ！

「旦那様‼」

「なんだ……？」

公爵様の耳と目に、光がぶつかる。いきなり叫んだ私を訝《いぶか》しげに見ていた旦那様は、私の横を見て目を見開いた。

「っ⁉　いつからそこに……っ」

公爵様は咄嗟《とっさ》になのか、私を横抱きにすると、素早く後ろへ飛びすさり、妖精たちと対峙した。

『ねぇ、ボクらすふればんけーきが食べたいんだ。でも、君の奥さんがなかなか用意してくれなく

てさ、君もボクらを見られそうな波長だったから、見られるようにしたよ。だから、すふれぱんけーきをちょうだい？』

『スフレ！』

『パンケーキ!!』

「なんだ……、コイツらは」

公爵様が呆然と妖精たちを見ている一方で、私は人生初めてのお姫様抱っこにワタワタしていた。

「旦那様、降ろしてくださいませっ」

「ダメだ！　何者かはわからんが、突然現れた侵入者だ。もしかすると皇后のような能力を持った者かもしれん。君を離すわけにはいかないっ」

公爵様はそう言って妖精たちを睨みつける。足元には薄氷の膜が張り、冷気が立ち上ってきていた。

ひえぇぇ!!

「旦那様っ、あの者たちは妖精ですの！　侵入者ではございませんわっ」

「イザベル、妖精は聖者にしか見えぬものだ。あの者らは私にも君にも見える。妖精ではない」

断言した！

『ボクら妖精だよ。ほら、羽もあるし、なんだか神々しいよね。キラキラもしているし』

『コーゴーシー！』

『キラキラ!!』

自分で言うな。

「旦那様、彼らが言っていることは本当なんですの！　どうやらわたくしどもは、妖精の悪戯《いたずら》で妖精の姿が見えるようになったようなのです」

『悪戯《いたずら》じゃないよ。君のことが気に入ったから見えるようにしてあげたんだもん』

『キニイッタ‼』『イタズラチガウ！』

黙らっしゃい。

「……羽だと……っ、まさか、本当に妖精なのか……」

公爵様の眉間にものすごく深い皺《しわ》が刻まれているわ。そうよね。まさか妖精が見えるようになるとは夢にも思わないですもの。しかも、妖精がスフレパンケーキをねだってくるなんて。

「旦那様、わたくしもはじめは夢かと思いましたの。ですが、現実でしたわ」

第九章　聖者とは

本物の妖精だとわかり、少し落ち着いた公爵様だが、未だお姫様抱っこをされたままの私は戸惑いしかないわけで……

「あの、旦那様……。そろそろ降ろしていただけると助かりますわ」

「あ、ああ……。すまない」

思ったより優しくベッドの上に降ろされ、ちょっとドキドキしたわ。

「それで、何故妖精が見えるようになったのだ」

「それは……」

『だからぁ、ボクらが見えるようにしてあげたのさ！』

『アゲタノサ！』

『アオノオカゲサ!!』

「何故キノコが喋《しゃべ》っている」

公爵様、気になるとは思いますが、今はソコじゃないですわ。それに、よく見てください。ソレ、キノコの帽子をかぶっている妖精ですのよ。

「わたくしも目が覚めた時には見えるようにされておりましたの。どうやら、ノアが食べていたスフレパンケーキを食べたかったようで……。あまりのことに動けずにいたら、旦那様にそれを用意させるために見えるようにしたみたいですわ
「パンケーキ如きで、聖者のような能力を得てしまったのか……」

そのようですわ。ふざけていますわよね。

『聖者じゃないよ。イザベルにも言ったけど、聖者は治癒魔法の適性がないといけないんだ。イザベルもテオバルドも治癒魔法に適性はないから、聖者じゃない』

『ジャナイホウ！』

『ジャナイホウ!!』

公爵様も治癒魔法の適性はないのね。キノコたち、じゃない方って言わない。

「ということは、やはり聖女はフロちゃんだけですのね」

『そうだよ！　フローレンスは唯一の聖女だから、ボクらが守っているんだ』

『マモッテル！』

『ダイジー!!』

キノコがまたもや胸を張り、自分たちはフロちゃんの騎士であると言わんばかりに主張する。

「待て、フローレンスとは、ドニーズの娘のことか？」

『そう。ボクらの可愛いフローレンスさ』

『カワイイ！』

『チイサイ!!』

天使の一人よね。

「聖女が……、あの赤ん坊か」

「旦那様、フロちゃんはまだ二歳ですし、祝福も受けておりませんので治癒魔法も使えませんわ。ですから決してドニーズさんから離そうとはなさいませんよう、お願いいたします」

「……わかった」

なんたって聖女が、数十年ぶりに現れたのですもの。本来ならば国で大事に保護しないといけない御方。旦那様が今なにを考えておられるかはわかりますが、親子を引き離してはなりませんわ。

「あ、妖精様。驚いていたとはいえ、ご挨拶もせず無礼な態度をとってしまい申し訳ございません。わたくし、イザベル・ドーラ・ディバインと申します」

パジャマのままで恥ずかしいけれど、挨拶はきちんとしませんとね。

「……私はテオバルド・アロイス・ディバイン。イザベルの夫だ」

冷静さを失っていた公爵様も、やっと落ち着かれたのか、いつものトーンで挨拶をした。

『ふふっ、ボクは正妖精《せいようせい》。名前はないんだ。で、こっちは小妖精《しょうようせい》。同じく名前はないけど、便宜上、ボクは〝アカ〟と〝アオ〟と呼んでいるのさ』

『アカ!』

『アオ!!』

セイ妖精？　それはなんなのかしら。ショウ妖精は小さな妖精ってことよね？　なら、セイ妖精は成人している妖精ってこと？

「それで、妖精が何故ここにいるのか、聞いてもいいだろうか」

『ボクら、君のイザベルのことが気に入ったんだ。面白い魂をしているから』

『ヘンナタマシー！』

『オモシロタマシー!!』

公爵様は私を見て何故か頷くと、また妖精を見て続きを促《うなが》した。

『イザベルはとっても面白いね！　イザベルの作るオモチャも乗り物も、食べ物だって見たことがない』

『タノシー！』

『ウレシー!!』

「それで、あの赤ん坊から離れてイザベルについてきたのか」

『フローレンスにはマーキングしているからね。仮に離れていても、そばにいるのと同じなんだ。それより、ボクらはすふれぱんけーきが食べたくて、君にも姿を見られるようにしたんだから、用意してくれないかなぁ』

『スフレ！』

『パンケーキハヨ!!』

「わかった、用意させよう。その代わり聞きたいことがある」

公爵様が妖精と交渉を始めたわ……

『なぁに？　すふれぱんけーきさえ食べられるなら、答えられることは答えてあげる』

『スフレ！』

『パンケーキ!!』

「では、場所を移動しよう。妻に負担をかけたくはないからな。イザベル、君は横になっているんだ。すぐに医師が来るから、無理しないように」

「え？　わたくしは大丈夫ですわ！」

「イザベル、どうか大人しく横になっていてくれ。毒の影響は弱った時に出てくるのだから」

公爵様の心配そうなお顔にドキドキしてしまう。

あら？　なんでドキドキするのかしら。公爵様のお顔が良すぎるから？

「私もそばにいたいが……」

妖精たちを見てまた私を見つめる公爵様は、本当に心配してくれているようで、私もこれ以上我《わが》儘《まま》を言うことはできなかった。

元気なのだけれど……これが身から出た錆《さび》なのね。

部屋から出ていく妖精たちと、公爵様の後ろ姿を見送りながら、トホホと肩を落としたのである。

SIDE　テオバルド

イザベル付きの侍女から、イザベルの体調が優れないとウォルトに報告があったと聞き、急いで彼女の部屋へと向かった。

黒蝶花の毒は、彼女の体調が崩れた時に表へと出てくるのだ。医師は、多少のことであれば聖水と薬で症状を抑えることが可能だと言っていたが、あの毒は人を死に至らしめるものだ。

もし、彼女になにかあれば……っ。

私は相当慌てていたのだろう。彼女の部屋に飛び込むと、イザベルは猫のような瞳を見開き、驚愕《きょうがく》の表情でこちらを見ていた。

顔色が悪いと聞いたが、思ったよりも元気そうだ。

透き通るような白い肌を持つ彼女だ。侍女が勘違いしてしまったのだろうか。イザベルは貴族名鑑を読み耽《ふけ》り、寝不足気味だと言うが、隈《くま》はできていない。しかし、なにが毒の症状を引き起こすかわからない。今日一日は安静にするべきだろう。

そんなことを考えていると、突然彼女があらぬ方向を見て慌て出し、その後私に向かって叫び声を上げるではないか。

どうしたというのだ。まさか、毒で錯乱しているのか？

イザベルを落ち着かせようと手を伸ばしたところで、ベッドの向こう側に何者かが立っていることに気付いた。

一体、いつの間に！

咄嗟《とっさ》にイザベルを抱き上げ、距離を取る。

彼女だけは守らなければ!!

侵入者は十三、四歳ほどの子供で、両肩に赤と青のキノコを乗せ、ニコニコと笑っている。全身が光っている気がするが、私の目がおかしくなったのだろうか。殺気はなく、一見無防備のようにも見える……。何故、光っているのかわからないが、怪しい奴であることは間違いない。

扉までの距離はおよそ三メートル。もしこの子供が皇后のような転移の魔法を使えるとしたら、イザベルを抱えたまま逃げ切ることは不可能かもしれん。

とその時、イザベルがあの子供は『妖精』だと叫んだ。妖精など、聖者だけが見ることのできる存在だ。私やイザベルに見えるはずもない。

いや、イザベルなら、実は聖女だったと言われても納得してしまうが。

イザベルに否定を返し、光る子供を睨むが、その子供もまた自らを妖精だと言い、光る羽を私に見せてきた。透明に近いので最初は気付かなかったが、日の光を反射して虹色のような輝きを放つ羽が確かに見えた。

『金色に光る姿と、虹色に輝く羽を持つ』

創世記にある、妖精の姿を表現した一節を思い出す。

まさか……、本当に妖精だというのか……

イザベルが言うには、妖精はスフレパンケーキが食べたいがために、私と彼女に祝福を与えたのだとか。

実に馬鹿馬鹿しい理由で、我々は聖者の能力の一部を手に入れたらしい。妖精曰《いわ》く、治癒魔法の適性がなければ聖者ではないらしいが。

『――これがすふれぱんけーき！　ノアが言っていたとおり、本当に口の中でシュワシュワッて消えるよ‼』

『トケルー！』

『キエルー‼』

『『『オイシー‼』』』

「旦那様、私の目がおかしくなったのでしょうか……。ご用意したパンケーキが消えたように見えたのですが……」

ウォルトに、食堂にスフレパンケーキを用意するよう伝えたところ、イザベルが食べると思ったのだろう、「奥様はお元気になられたのですか？」と言いながら準備を進めてくれた。パンケーキを運んできて、食堂に私しかいないと気が付くと、ギョッとした顔になる。

私は甘いものが苦手だからな。当然の反応だろう。

私の対面にパンケーキを置くよう指示した時には、頭がおかしくなったと思われたに違いない。

そうして妖精たちがパンケーキを食べ始めると、どうやら常人の目には突如それらが消えたように見えたようだ。

「フォークとナイフも突然消え、パンケーキも消えました。旦那様、これは一体どういうことなのでしょうか」

どうやら妖精がものを持つと消えたように見えるらしい。

「……イザベルの部屋に、妖精がいた」

「は？」

「どうやら、イザベルに惹かれてやってきたようだ」

「旦那様……」

ウォルトは私の話に呆然としている。やはりそうなるか、と小さく溜め息を吐いたのだが……

「なるほど。何故、旦那様に妖精様が見えるのかはわかりませんが、そちらには妖精様が座っていらっしゃるのですね」

「ああ……」

ウォルトはすぐに我に返り、冷静に確認してきた。

「妖精様、ご挨拶が遅れ申し訳ございません。私はディバイン公爵家の執事長を任せられております、ウォルトと申します。どうかお見知りおきください」

ウォルトは見えぬはずの妖精に挨拶をした。

『ご丁寧にどーも。君のことも知っているよ。というか、ここ数日はこの邸《やしき》を探検していたし、大体の人間は把握しているのさ！』

『タンケン！』

『ハアクー!!』

あっという間にパンケーキを食べきった妖精たちが、ウォルトに向かって話しかけている。ウォルトにも妖精が見られるようにできないか、と彼らを見ると、妖精は首を横に振った。

『無理だね。なにもしなくても妖精が見えるのは聖者だけだし、ボクらが見られるようにできるのは、波長の合う者だけなのさ。でもそんな人、滅多にいない。君とイザベルは特別なんだよ』

『ハチョー！』

『トクベツ‼』

そう返され、少しがっかりした自分に驚いた。どうやら私は、妖精を見られる状態をウォルトと共有したいと思っていたようだ。幼い頃から兄弟のように育ったからだろうか。

『それで、質問ってなぁに？』

妖精から促《うなが》され、黒蝶花の毒の治癒と悪魔について尋ねることにした。

「まず確認だが、聖水でも消せない毒を、お前たち妖精は治癒できるのだろうか」

『それさ、イザベルにも言ったんだけど、ボクらは治癒魔法の適性がある子に力を貸すことはできるけど、直接治癒することはできないんだ。イザベルも君も、治癒魔法の適性はないから、ボクらが力を貸してあげても意味はないのさ』

つまり、治癒魔法が使える聖者ならば、コイツらは力を増幅させることができるということか……。確かドニーズの娘は聖女だと言っていたな。

「お前たちが気に入っている赤ん坊が治癒魔法を使えるようになるのはいつからだ」

『え、フローレンスなら、五歳の祝福の儀を終えたらすぐ使えるようになると思うよ』

となると、イザベルの中の毒を消すまで、最低でも三、四年はかかるということか……

「ふむ……。質問を変えるが、妖精が実在するということは、創世記に記されているように、悪魔も存在するのだろうか」

『そうだね。この世には、神も精霊も妖精も、悪魔だって存在するよ』

ということは、タイラー子爵が悪魔ではないかというイザベルの推測が正しい可能性は高いのか。

「お前たちはイザベルを見ていたと言ったな」

『まぁね！　最近のことなら大体知っているよ。君が気になっている、悪魔らしき人物の話もね』

『タイラーシシャク！』

『アクマカモー!!』

ふざけたなりをしているが、キノコも話は通じるようだ。

「知っているなら話は早い。現在皇城、もしくは皇宮を根城にしているタイラー子爵と名乗る男は、本当に悪魔なのだろうか」

『えー、それは見たことがないからなんとも言えないよ』

『ミタコトナーイ！』

『ワカンナーイ!!』

妖精たちは皇城に入ったことはないらしい。

「質問を変えよう。……悪魔が使用できる能力を教えてもらえないだろうか」

『それは悪魔によっても違うからな～』

人間が使う特異魔法も、それぞれで能力が違う。悪魔もそうなのかもしれん……

「洗脳、もしくはそれに近い魔法を使用できる悪魔はいるか」

『洗脳……う～ん、洗脳かぁ……あ、そういえば、千五百年前に人間に召喚された悪魔！　そいつが洗脳とか、人間の欲を増幅させるとか、そんなのが得意だったような気がするよ！』

千五百年前の悪魔だと――？

エピローグ

「おかぁさま、だいじょぶ？」

仮病のせいでベッドから出られなくなって少し落ち込んでいたけれど、朝食後すぐ、可愛い息子がお見舞いに来てくれた。

「ノア、お母様は大丈夫よ。そんなところにいないで、こちらにいらっしゃい」

そう声をかけると、おずおずと扉の前で私の様子を窺《うかが》っていたノアは、「おかぁさま！」と嬉しそうに駆けてきて、私の腕の中に飛び込む。

「あさ、おしょくじ……おかぁさま、いないの……」

ぎゅっと私の服を掴み、小さな声で呟くノアを抱きしめた。

「一緒に朝ご飯が食べられなくてごめんなさいね。お医者様に元気ですって言われたから、心配ないわ」

いつも朝食を一緒にとっていたものね。寂しい思いをさせてしまったのだわ。

「おかぁさま、ちゅぎは、ごいっしょ？」

「ええ。お昼は一緒に食べましょう！」

「はい！」

首にぎゅっとしがみついてくる息子の背をポンポンして、ほっこりする。

キノコ帽子の妖精もなかなか可愛かったけど、やっぱりノアには負けるわね。それにしても、公爵様は妖精となにを話したのかしら？　妖精はスフレパンケーキをねだっていたけれど、本当に公爵様が用意してあげているのかも怪しいわ。

『ノアだ！　フローレンスの次に可愛いね！』

『フロ、イチバーン！』

『デモ、ノアモカワイー‼』

「あら、フロちゃんも可愛いけど、やっぱりノアが一番だわ」

……って、妖精たち、いつの間に戻ってきたの⁉

「おかぁさま？」

『ねぇねぇイザベル、ノアにはボクらが見えないから、多分君、すごくおかしな人間だと思われているよ』

『ヘンナヤツー！』

『スゴクヘンナヤツー‼』

キノコに変な奴扱いされたくないのだけど。

「おかぁさま、どぉしたの？」

「あ、なんでもないのよ。ノアが可愛いなって思って、お母様、ついついノアが一番って叫んじゃったわ」

「フフッ、わたちも、おかぁさまいちばんよ！」

ノアはなんて可愛いの！　こんな天使のような子が私を断罪する未来なんて、もう来ないわ!!　……多分。

「ノア様、奥様にお渡しするものがあるんですよね」

ニコニコしながら控えていたカミラが、ノアになにやら促《うなが》す。ノアはハッとした様子で頷くと、よいしょ、よいしょ、と呟きながらベッドから下りた。

一体どうしたのかしら？

「カミラ、さっきの、ちょーだい」

「はい！　ノア様」

ノアの一言に、カミラは嬉しそうになにかを渡している。

「おかぁさま、おみまいの、おはなよ」

そう言って満面の笑みを浮かべ、ノアが差し出したのは、ひまわりの小さな花束だった。

「まぁ！　ひまわりだわ!!」

「わたち、えらんだのよ」

そう言って胸を張る息子は、世界一可愛い。

「ノアが選んでくれたの？　とっても綺麗ね！」

ひまわりの花束を受け取り、だらしなく崩れる顔をそれで隠す。

『ノア、やるねぇ。将来が楽しみな紳士だね！』

『ノアスゴイ！』

『ノアカッコイー!!』

妖精たちから称賛の声が上がった。

フフッ、妖精もノアのすごさを理解したようね。そういえば……人生で初めて、異性から貰った花束だわ。

「ねぇノア」

「なぁに？　おかぁさま」

私を見上げるノアに微笑み、お礼を伝える。

「わたくし、花束を貰ったのは初めてよ。ありがとう」

「わたち、はじめて？」

「そうよ。こんな素敵な贈り物をしてもらったから、お母様元気になっちゃったわ！」

最初から仮病なのだけど、ノアには心配をかけてしまったから。

そんなことを考えながら、花束をそっとサイドテーブルに置くとベッドから下り、ノアを抱き上げた。きゃーっと嬉しそうに声を上げる我が子を抱きしめ、強く思う。

私、この子がいれば運命なんて面倒なもの、全部、全部ふっとばして、この先なにがあっても、まっすぐ生きていけるわ！

「ノア、わたくしの愛しい子。あなたが大好きよ」

「はい！　わたちも、おかぁさま、だいしゅきよ！」

ノアの誕生日

一月二十一日は私の愛息子、ノアの四歳の誕生日だ。三歳までずっと、お祝いもされず放置されてきた息子の誕生日を、今までの分も祝いたいと考えた私は、『おもちゃの宝箱』帝都支店のオープン準備と同時に、ノアの誕生日の準備も進めていた。

「まだ幼いから、盛大にというわけにもいかないでしょうけれど、公爵家の皆でお祝いしたいわ」

「奥様……、それは使用人も参加していいということでしょうか？」

ミランダが目をまん丸くして私を見る。

あら、私、そんなにおかしなことを言ったかしら？

「もちろんよ！　皆ノアのこと大好きでしょう」

「大好きなどと、そんな畏《おそ》れ多いことですが、大切な御方だということは確かです」

ミランダったら堅いわね。

「ノアの誕生日はね、ノアが大好きなものと、ノアのことを大好きな人で会場を埋め尽くそうと思っているのよ！」

「奥様らしい、素敵なお考えかと思います」

強く主張はしないけど、微かに口の端を上げ微笑むミランダは嬉しそうだった。

「ありがとう。それでね、使用人の皆にノアの好きなものを聞いて回ろうと思っていて」

「皆に？　ノア様のお好きなものでしたら、奥様が一番ご存知ではないですか」

「それはそうなのだけど、わたくしの知らないノアの好きなものもあるかもしれないでしょう」

「そうでしょうか……」

「ノアの好きなものを知れて、さらに会場にノアが好きなものも集めることができて、一石二鳥じゃない。だからね、ミランダにお願いがあるのよ」

「私にできることでしたら、なんでもいたしますのでおっしゃってください」

「ありがとう。あのね、皆の迷惑にならない時間に聞きに行きたいと思っているの。だから、誰がいつ空いているのか教えてもらいたいのよ」

そう伝えると、ミランダはポカンとして首を傾げる。

「あの……、奥様でしたら、いつ話しかけても大丈夫ですが……」

「でも、それだと迷惑がかかるでしょう。だからミランダにお願いしているのよ」

ミランダは「奥様がそこまでなされなくても」と渋ったが、結局はお願いを聞いてくれた。

有能な私の侍女は早速、皆に話をつけてくれた。そうして現在、息子の好きなものを聞いて回っているのだけど……

「ノア様のお好きなものですか？　それは当然奥様ではないでしょうか」

「ノア様のお好きなもの……、奥様ですよね？」

「ノア様は奥様が大好きじゃないですか！」

「ハハハッ、そりゃあ奥様しかいませんよ」

どうしてか皆、口を揃えて言うのよね。誰かにそう言えって命令でもされているのかしら。

こうなったら、ノアの専属侍女であるカミラに聞くしかないわね。

「ノア様のお好きなものですか？」

「ええ。あなたなら知っているでしょう、カミラ」

「おくさ――」

「わたくしというのは、なしよ。それ以外でお願いね」

「はい……。やっぱり、奥様が作った絵本やおもちゃでしょうか」

「それも知っているわ。他にはなにかないの？」

「う～ん、でもノア様がお好きなものは、全て奥様が与えられたものですから、結局奥様は知っていらっしゃるものですよね」

全部、私が与えたもの……

「わたくしが来る以前は？　ノアはなにが好きだったの？」

「私も奥様が来られる少し前に雇われましたから……。それに、初めて会った時のノア様は、なにも興味を持っておられなかったです」

「え……？」

あの、好奇心旺盛なノアが、なににも興味を持っていなかったですって？

「あっ、奥様が初めてここに来られた時だけは、興味を示しておいでした！　ノア様が、階段の上から覗いていたあの時です！」

嘘でしょう……。それが本当なら、ノアは最初から、わたくしに興味を持ってくれていたの……？

「ほら、やっぱりノア様の好きなものは、奥様ですよ！」

「――旦那様、本日はノアのためにサロンの使用許可をくださり、ありがとう存じますわ」

「いや……。それより、本当に使用人が招待客なのか？」

「ええ。ノアは、この家の使用人が皆、大好きですから」

「……そうか」

ノアの誕生日会当日、公爵様からサロンを使用する許可を貰い、使用人たちと皆で飾り付けをしていたら公爵様がやってきたのだ。

「旦那様も、絶対参加してくださいね！」

「ああ……」

「ちゃんとプレゼントは用意してくださいました？」

「……きちんとウォルトに買いに行かせた」

ウォルトに!?

「旦那様が用意してくださらないと！　何故ウォルトに買いに行かせているんですの⁉」

「別に構わないだろう」

「構いますわよ！」

はぁ……。公爵様ったら。

でも、放置していた頃よりはマシなのかしら。


それから、意外にも公爵様が飾り付けを手伝ってくれた。使用人たちはやりにくそうだったが、なんとかノア好みの飾り付けが終わり、次いでサロンに大きなテーブルをいくつか並べて、そこにミニハンバーグやフライドポテト、オムレツにカレーなど、ノアが好きな食べ物を並べていく。そう、前世でいうところの、ビュッフェスタイルのパーティー会場に仕上げたのだ。もちろんノアが大好きなスフレパンケーキやプリンなどのスイーツも揃っている。

「食べ物を大皿に盛り付けてテーブルに並べているが、これは一体なんだ」

そうだったわ。この世界にはまだビュッフェはないのよね。立食パーティーはあるけれど、それだってウェイターが軽食や飲み物を持って回る程度のものだったわ。

「ノアには、誕生日くらい好きなものを好きなだけ食べてもらいたいと思いましたの。これなら、皆が好みのものを、好きなだけ取って食べられますし」

「貴族としての品はない……が、なるほど、いいアイデアだ」

公爵様、それ馬鹿にしているのか褒めているのか、どっちなんです？

「ともかく、準備も万全ですし、あとはノアが来るのを待つだけですわ！」

「――おかぁさま！」

お洒落《しゃれ》をしたノアが、カミラに連れられ会場であるサロンにやってきた。カーテンが閉められたサロン内は明かりが消されている。使用人たちが暗いサロンの壁側に並び、少し緊張した面持ちでノアを待っていた。

「まっくらなのよ？」

戸惑うノアに、少し頬を緩ませつつ、各自が手に持っていたロウソクに火をつけていく。幻想的な空間に、ノアがわぁ～っと嬉しそうな声を上げた。

「ノア、こっちへいらっしゃい」

「おかぁさま！　きれーねぇ」

ロウソクの明かりを見てそう発するノアに、皆がニコニコしている。

近付いてきたノアに、私はテーブルの上を示して言った。

「ノアのバースデーケーキよ」

なんとこのバースデーケーキには、ノアが大好きな絵本のキャラクターの顔が描かれているのよ！

「しゅごーい！　えほんの、けーき!!」

すると、なんと公爵様がケーキのロウソクに魔法で火をつけてくれたではないか！

公爵様、ナイスですわ！

それにしても、四本というロウソクの少なさに胸がキュンッとする。

「ふわぁ！」

「さぁ、ロウソクの火をふーっと消してね」

「ふぅ？」

「そう。ゆっくりでいいから、ふーってしましょう」

「ぁい……はい！　ふーっ」

返事のあと、すぐふーっと息を吹きかけるノアの可愛らしさに顔がほころぶ。

「きえたー！」

「ふふっ、ノア、四歳のお誕生日、おめでとう！」

「「「おめでとうございます！　ノア様!!」」」

拍手とともにお祝いの言葉をかけられ、ノアがびっくりしている。その間に、カーテンが開けられて部屋が明るくなる。すると、可愛く飾り付けされたサロンの全貌が明らかになった。

至るところに、ノアの好きな花やぬいぐるみが飾られている。中でも目につくのは、大きなドラゴン（もちろん願いを叶えてくれるアレ）のぬいぐるみだ。ノアならその背に乗れるくらい大きい。

そして遊具。少し大きめの滑り台の下には布のボールでできたプール。そしてブランコ。遊具とは異なるがハンモックまである。これはこれで楽しめるのではないかと思い、作ってみたのだ。

「わぁ……っ、どりゃごんさん！　うわぁ～っ、しゅごーい!!」

喜ぶノアを見て、ぬいぐるみを作ってくれた者や、飾り付けしてくれた使用人は感激して涙目になっている。

「ノア、皆が頑張ってあなたのために用意してくれたのよ。お礼を言いましょうね」

「はい！　みーな、ありがとごじゃいます!!」

「「「ノア様……っ」」」

感激して泣き出す使用人たちの多いこと。さすが天使だわ！

「おかぁさま、わたち、どりゃごんさんのる！」

「あらあら、お食事はいいの？　ノアが大好きなもの、たくさんあるのよ」

「ぁ……ぅ……どりゃごんさんのって、から！」

迷ったあげくにそう選択したノアに、皆が笑い出す。

「じゃあ、ドラゴンさんに乗りに行きましょうか」

「はい!!」

こうしてノアの四歳の誕生パーティーは、異様にリアルなドラゴンのぬいぐるみの背に乗るというところから始まった。公爵様も使用人たちも思い思いに楽しんでいるようだ。

「奥様！　この芋を揚げたものにカレーを付けて食べると美味しいです！」

カミラがビュッフェ上級者のような食べ方をしているわ。幸せそうだからいいけれど。

カミラ以外の使用人たちも、各々好きなものを好きなだけ皿に取り、笑みを浮かべ和気あいあいと美味しそうに食べている。そんな中ウォルトは、ビュッフェスタイルの食事に商機を見たのか、公爵様に興奮気味に絡んでいた。

「ウォルト、私はあそこのカレーの食べ比べをしたい。話はあとで聞く」

「旦那様！　これは食事方法の革命ですよ！　何故今まで気付かなかったのか……っ」

なんというか……二人ともマイペースね。

メインイベントのバースデーケーキを食べる際には、ノアが皆に分けたいと言い出して、そんなに大きなケーキではなかったため、皆が一口ずつ食べるという幸せハプニングもあった。

そして、とうとうプレゼント贈呈の時間を迎えたのだ。

誰か、カメラをくださぃ!!

「「ノア様、お誕生日おめでとうございます！　こちら、メイド一同からです!!」」

メイドさんたちからは、ノアを抱っこしている私という構図の、ものすごくよくできた刺繍《ししゅう》絵画が、額に入れられ渡された。

「おかぁさまと、ノア!!」

「ハンカチですが、思ったよりもいい出来だったので、額に入れてもらいました」

そう言うのはメイドの一人だ。

いや、あれがハンカチ!?　絵画じゃない！　もうこれ、芸術作品よ!!

「これは……、皇族にも献上できそうな見事な刺繍《ししゅう》だな」

「そうでございますね。ディバイン公爵家のメイドは、いつの間にか芸術家になっておりますね」

旦那様とウォルトも認めるハイスペックメイドたちね。ところで二人とも、カレーとビュッフェでテンションが上がっておりましたが、落ち着いたようですね。

「次は私ども侍女からです」

侍女代表のミランダがノアに渡したのは……

「えほんだぁ!!」

『おもちゃの宝箱』にも、私の描いた絵本の中にもない、新しい絵本だった。

「僭越《せんえつ》ながら、私どもで話を考え、絵を描きました。喜んでいただけると嬉しいのですが……」

侍女たちのオリジナル作品なの!?

「おかぁさま！」

「はい。モデルは奥様と、ノア様でございます」

絵は、なんだか前世で見たことのあるような、味のある可愛い画風で、内容は人間に育てられた妖精の王子様（ノアがモデル）が、母親である妖精の女王（私がモデル）を探しに行く冒険譚だった。話も面白くて、すごくよくできている。

「旦那様、侍女もどうやら芸術の才能に目覚めたようでございますね」

「ああ……」

「ですが、執事一同のプレゼントには勝てませんよ。フフフ……」

「お、おい……」

引いている。あの公爵様が引いているわ。無理もないわよね。ディバイン公爵家の使用人がアーティスト集団と化しているものね。

その後、自信満々のウォルト率いる執事たちと庭師のコラボプレゼントが、裏庭に作られた生け垣迷路（大人の腰までの高さ）であったことに驚愕《きょうがく》し、公爵様の顔が引き攣《つ》る事態に発展したのだが、ノアは大喜びだった。

「奥様の絵本からヒントを得ました」

とはウォルト談である。

こうなってくると、公爵様のプレゼントって……喜んでもらえないんじゃ……

チラリと見やると、公爵様は読めない表情で立っていた。

「公子……」

「おとうさま」

皆が固唾《かたず》を呑んで見守る中、とうとう公爵様が動く。

「私が用意したのは、これだ」

「――？」

公爵様がノアに渡したのは、ディバイン公爵家の家紋が刻まれた懐中時計だった。

「お前ももう四歳だ。これからはこの時計を見て、計画を立てて動かねばならない。わかったな」

わかるわけないでしょう!?　四歳になったばかりの子になに言って……

「はい！　わたち、できる！」

「……ああ」

ノア……、あなた、まだ時計の見方もわからないのでしょう？

「ディバイン公爵家の跡取りとして邁進《まいしん》しろ。いいな」

「はい！」

無表情な父と子の短いやり取りに、それでもなんとなく、血の繋がった親子なのだと、そんな空気を感じて少し感動してしまった。

「奥様、最後は奥様でございますよ」

ウォルトの声にハッとする。なんだか緊張してきたわ。絶対公爵様にだけは勝てると思っていたプレゼントも、なんだか不安になってくる。

ノアは、私のプレゼントを喜んでくれるかしら。

「おかぁさま」

期待して輝く瞳が、私にプレッシャーを与える。

「ノア、お母様のプレゼントはね」

「わたち、ぷれじぇーと、おかぁさま、じゅーっと、じゅーっと、いっしょがいい‼」

「え……？」

「わたち、おかぁさま、だいしゅき‼」

ノア……っ。

「ノアが一番喜んでくれるプレゼントは、お母様とずっと一緒にいること？」

「はい！」

「それならわたくし、ノアとずーっと、ずーっと一緒にいるわ！　ずっと、ノアのお母様として……っ」

「はい！　ノアのおかぁさま！」

「ノアあぁぁぁ!!」

息子の誕生日に、私が息子から最高のプレゼントを貰ってしまった。ノアのお母様という、最高のプレゼントを。


「――奥様、この『おるごおる』って、とっても素敵ですね！」

「そうでしょう。ノアが大きくなって辛いことがあった時、これを聴いてまた元気になれるように、ノアの好きな絵本の曲をこのオルゴールにしたのよ」

「そういえば、奥様が紙芝居の時に口ずさんでいた曲ですね」

カミラと静かにお喋《しゃべ》りしながら、ノアの寝顔を眺める。

至福だわ。

「ノア様ったら、あれから毎日、この『おるごおる』を聞いているんですよ」

「まぁ、それは嬉しいわね。プレゼントした甲斐があるわ」

「……フフフッ、やっぱりノア様は、奥様のプレゼントを一番喜んでおられましたね」

「そうかしら？」

でも多分、ノアよりも私が喜んでしまったから、誰のプレゼントが一番だったかって言われたら、ノア本人のプレゼントが一番だったわね。

「ん～……おかぁしゃま……じゅーっと、いっしょよ……」

～おまけ。テオバルドの誕生日～


ノアの誕生日の数日後。公爵様の誕生日がもうすぐだと気付いた私は悩んでいた。

「ノアの誕生日会も開いたのだし、旦那様の誕生日会も開くべきよね……」

やっぱり色んなおうちの方々をご招待して、盛大なパーティーをした方がいいのかしら？　それが由緒正しきディバイン公爵家の義務みたいなものだものね……。もしかしたら、ウォルトがすでに手配しているかも！

「うーん……。当主の誕生日ですもの。そうに決まっているわ。ウォルトに聞いてみましょう!!」


「――旦那様の誕生パーティーですか？」

「ええ。いつもどのような規模でおこなうのかしら」

ウォルトは何故か戸惑っているようだ。

「……旦那様は、ご自分の誕生パーティーを開くことはありません」

「え……？」

「ご両親が亡くなられてからは、そのようなパーティーは開かれていないのです」

「そ、そうなの……？」

想像もしなかった事実に、正直困惑する。普通公爵という立場であれば、盛大に誕生パーティーを開くのは当たり前だからだ。

家の関係もあるし、公爵夫人として聞いてみた方がいいのかしら……

しばらく考えたが、結局アフタヌーンティーの時に聞いてみることにした。

「旦那様、誕生パーティーを開かないというのは本当なのでしょうか？」

「なんだ。唐突に」

紅茶のカップを持ったまま、訝《いぶか》しげにこちらを見る公爵様に、「何故誕生パーティーを開催されないのですか？」と、首を傾げて質問する。

「誕生パーティーだと？　公子の誕生日はもう終わっただろう」

「はい？　なんで今、ノアの誕生日の話になるのですか」

話が噛み合わず、お互いが、ん？　という顔で見つめ合う。

「君が誕生日の話をしていたのだろう」

「だから、それで何故、ノアの誕生日が出てくるのですか？」

「誕生日の話題など、それしかないだろうが」

この人、なにを言っているのかしら。もうすぐ自分の誕生日でしょう。

「……もしかして、君の誕生日のことか」

「はい？」

「それならばまだまだ先だろうに。今から話題に出すとは、余程楽しみにしているのだな」

いやいや、私の誕生日、四ヶ月ほど先なのですけど⁉　どんだけ楽しみにしていると思われているの⁉

「旦那様の誕生日のことを言っているのですわよ！」

「は？　私の誕生日だと」

まさかこの人、自分の誕生日を忘れているの？

「ウォルト」

「はい。奥様」

「旦那様は何故ご自分の誕生日を忘れていますの？」

「旦那様は、昔からご自身のことに興味が薄く……先代であるご両親が亡くなられてからは余計にそういった類《たぐい》のことに疎《うと》くなってしまわれました」

だからノアの誕生日も放置していたのね！

「わかりましたわ。今年の旦那様の誕生日は家族でお祝いしましょう」

「は？」

は？　じゃありませんわよ、公爵様。

「それはいいことでございますね」

ウォルトの賛成もあり、公爵様の誕生日は、家族でお祝いすることにした。

公爵様は戸惑っていらしたけど、お祝いしないと、ノアが変に思うでしょう。

「おとぅさま、かれえ、おすき。わたち、かれえのえ、かいたのよ」

「……そうか」

プレゼントとして、息子からカレーの絵を渡された公爵様は、無表情ではあったものの、両手で丁寧に受け取った。後日執務室に飾られていたのだけれど、それを知った時、ひっそりニヤついてしまったのは仕方がないことだろう。

用意した色々なカレーパンもとても喜んでくださったし、盛大ではなかったけれど穏やかな家族の時間が過ごせたので、私としてはなかなかいい誕生日になったのではないかと思う。

公爵様本人がどう思っているのかは知らないけれどね。


後日、来年はお友達も呼んで賑やかにしましょうね、と言ったら、「友人などいない」と言われた。少し気まずい空気のあと、これでは来年も盛大なパーティーはできないわね、と諦め、そっと目をそらしたのだった。

「旦那様……」

ウォルトの溜め息が聞こえた気がしたけれど、公爵様はいつもどおり、執務を淡々とこなしていたわ。ほんの少しだけ、口の端が上がっているように見えるけど……きっと気のせいだろう。

「おとぅさま、わたちのどりゃごんさん、かちてあげる」

「――？　いらん」

「おともだち、いない、さびちぃの。わたちのおともだち、どりゃごんさん、かちてあげる」

「……」

後日、こんなやり取りが父子の間であったらしい。

しばらくの間、公爵様の執務室にノアのリアルドラゴンのぬいぐるみが置いてあったのだけれど、

そんなやり取りがあったことなど知らなかった私は、見えないふりをした方がいいのかしら、と

ずっと目をそらしていたのだった。

うん。今日も公爵家は平和だわ。

公子と皇子のプレゼント

「カミラ、あのね。おかぁさま、おたんじょおびのぷれじぇんと、じゅんびするの！」

奥様の誕生パーティーのひと月以上前のことでした。ノア様が突然、奥様の誕生日プレゼントを準備するとおっしゃったんです。

「ノア様、奥様へのプレゼントは、どのようなものをお考えなのですか？」

「あのね、あのね……、おかぁさま、びっくりちて、ノア、だいしゅきよ！っていうよーなの!!」

とてもノア様らしい発想です。

でも、ノア様の外出は奥様や旦那様と一緒でないとできません。ノア様はサプライズをしたいようなのですが、一体どうしたらいいのか……

「カミラ様、ノア様の肖像画の件で、絵師のアーノルド様が到着されておりますが、いかがいたしましょうか」

頭を悩ませていた時、メイドがやってきて、絵師の訪問を告げたのです。そういえば今日は、ノア様の肖像画を描いてもらう日だった！　と慌てることになりました。

「――公子様、自由に動いていただいて構いませんよ」

「え？　ですが肖像画って、椅子に座ったままか立ったまま、何時間も動いてはいけないものなのではありませんか⁉」

「ハハッ、そうですね。そういった描き方もありますが、私はイザベル様から、公子様のいきいきとした絵を描くよう言われておりますので、お好きに動いていただいた方がいいのです」

絵師のアーノルドさんは、ノア様に絵本やおもちゃで遊んでもいいと言うではありませんか。そして実際にノア様が動いていても気にせずスケッチし始めました。

「おかぁさま、おでかけちたのよ」

「イザベル様はお忙しい方ですから、あちこち動き回られておりますね」

ノア様がアーノルドさんに話しかけていますが、それは大丈夫なんですか？

「あのね、おかぁさまびっくりちて、しゅごーい！　ノア、だいしゅきよ！　ちてくれる、ぷれじぇんとちたいの」

「なるほど、もうすぐお誕生日のパーティーがありますから、その時にお渡しになるプレゼントをお探しなのですね」

アーノルドさんは、ノア様とお話をされているにもかかわらず、スケッチの手を止めることはありませんでした。

さすがプロ！

「あーのりゅど、どんなの、いい？」

「私のような者の意見もお聞きくださるのですか？」

「はい！」

「そうですね……あ、ノア様はこちらをご存知でしょうか」

アーノルドさんが手を止め、自分の胸に付けていたブローチを外してノア様の前に差し出しました。

「ちらないの……」

女性の横顔が彫られた、美しいカメオブローチです。

「こちらはカメオブローチといって、珊瑚や動物の牙などに彫刻したものなのです」

「かめ？」

「ハハッ、そうです。このカメオブローチは、私の恋人……お付き合いしている女性が作っているのですが」

「おちゅきあい？」

「結婚を考えている相手のことです」

「けっこ、ちってる！　おとぅさまと、おかぁさま！」

「はい。その女性に、ノア様の絵を参考に、カメオを作ってもらうというのはどうでしょうか？」

ノア様はアーノルドさんの手の中にあるカメオブローチを見つめ、しばらくして頷きました。

「しゅる！　わたち、かめ、あげる!!」

その日から、ノア様は一生懸命クレヨンで絵を描き始めました。

なかなか納得できるものが描けなかったようで、何度も描き直していましたが、数日後、ようやく納得のいく絵が出来上がったようです。

「あーのりゅど、わたち、え、とくい！」

胸を張って、プロの画家にそうおっしゃるノア様に、私はどうしていいかわかりませんでした。

しかしアーノルドさんは楽しそうにノア様の言葉に拍手を送り、ニコニコと絵を受け取ったのです。

「素晴らしい絵ですね。公子様は画家の才能もあるようです」

アーノルドさんの言葉に、ノア様がますます胸を張って、えっへん、と言っている姿がなんとも可愛らしかったです。

「それでは、こちらの公子様の絵をもとに、カメオを制作してもらいますので、楽しみにしていてください」

ノア様、奥様へのプレゼントが出来上がるのが、楽しみですね！

SIDE　皇后マルグレーテ

「ははうえ！　ノアから、パーティーのしょうたいじょうが、とどきました！　ははうえのぶんもあります！」

そう言って招待状を見せてくれたイーニアスに、首を傾げる。

「あら、イーニアス、これはなんの招待状なの？」

「ははうえ、これは、イザベルふじんの、たんじょうパーティーの、しょうたいじょうです！」

「まぁ！　イザベル様の⁉」

それはぜひ行かないとだわ！

「ノアちゃんからの招待状ねぇ……」

カラフルな線がぐしゃぐしゃっと描かれているようにしか見えないが、イーニアスがこれを招待状と言い張るので招待状なのだろう。

「じゃあ、イザベル様にプレゼントを用意しなきゃいけないわね！」

「ですがははうえ、たんじょうパーティーは、ディバインこうしゃくりょうで、おこなわれるのです……」

さっきまでの嬉しそうな様子が嘘のように項垂《うなだ》れてしまったイーニアスに、アタシはオホホッと笑った。

「アタシに任せなさい！」

そう言うと、イーニアスは顔を上げ、目をまん丸にしてアタシを見たのよ。

可愛い息子だわ！

「さぁ、イーニアス、イザベル様のプレゼントをなににするか、相談しましょう」

「はい‼」

相談の結果、お菓子がいいのではないか、ということになったが、息子は皇宮のシェフが作るものではなく、帝都で人気のお菓子がいいのだと言い出した。

「帝都で人気のお菓子って……もしかして、ペティットチャリオットってお店のマドレーヌかしら？」

「それです！」

「イーニアス、あなたペティットチャリオットのマドレーヌのこと、どうして知っているの？」

イーニアスは自身の宮から出られないはずなのに……

「メイドたちの、おはなしを、ききました」

「あら、仕事中に私語をしていたのね……」

皇宮のメイドがイーニアスの前でお喋《しゃべ》りだなんて、問題だわ。

「ちがいます、ははうえ。あの……」

もじもじしているイーニアスに、どうしたのかしらと首を傾げる。

「じつは……ははうえをおどろかせたくて、おへやで、かくれんぼしていました。そのときに、はなしをきいてしまいました」

「イーニアスが、アタシを驚かせようとしたの？」

「はい……、ははうえがおどろいて、わらってくれると、おもったから」

もうっ、この子ったら、なんて可愛いことを言うのよ！

「でも、じじょと、ごえーがしんぱいして、だんねん、しました」

そうよね。たとえ部屋の中に隠れていても、姿が見えなくなったら驚くわ。

「それは楽しそうなことを考えていたのね。じゃあイーニアス、もっと楽しいことをしましょう」

「たのしいこと、ですか」

息子の瞳がキラキラと輝く。

「ペティットチャリオットのマドレーヌを買いに、アタシと街へ行くわよ！」

◇　◇　◇

「――イーニアス、アタシとの約束、覚えているわね？」

明日に控えたイザベル様の誕生パーティー。そこで渡すプレゼントを買うために、今日初めて息子を街へと連れ出す。

行くのは貴族街にあるマドレーヌ専門店なので、アタシも息子も下級貴族の格好をしているのだ。

「はい！　わたしは、モニタリスだんしゃくけの、じなんのアスです」

「そう。アタシはモニタリス男爵夫人。そういう設定よ。絶対に皇族だとバレてはダメ。いいわね」

「はい！」

イーニアスはワクワクとした気持ちを隠せないようで、勢いよく頷いている。

さて、息子に初めて見せる転移能力で、貴族街にある隠れ家に移動するわよ！

こうして、マドレーヌを買いに行ったのだが……

「ははうえ、ひとが、たくさんいます！」

さっきまで転移したことに大喜びしていた息子は、初めて見る街と、人の多さ、そして店の前の行列に、忙しなく瞳を動かしている。

「そうね。やっぱり人気店だけあって、行列ができているわぁ」

お店の前には五十メートルほどの長い行列ができていた。

そういえば、『おもちゃの宝箱』のカフェも大人気だけど、あそこは整理券というものを配っているから、行列はできないのよね。

列に並ぶとすぐ、マドレーヌの甘い香りが漂ってきて、喉がゴクリと鳴る。

「ははうえ、あまいかおりがします」

「ええ。マドレーヌのいい匂いね」

二人で鼻をひくひくさせて笑い合う。こうして並んでいる時間も、イーニアスと過ごせる幸せな時間だ。

「ははうえ、あれはほたて、というかいがらです。しっています！」なんて、マドレーヌの形を指さして、自慢げに胸を張ってくる。その後もイーニアスは、知らないことを全て知ろうとしているかのように、きょろきょろと街の景色や人々を見ながら、行列やマドレーヌのことを嬉しそうに話していた。

そして、やっと私たちの順番が回ってきた。

「マドレーヌひゃっこ、ください」

イーニアスの注文に、店の人が驚いている。

アタシもさすがに驚いたわよ。どうして百個なのかしら？

「さ、さすがに百個は、他のお客様もいらっしゃいますし……」

「ひゃっこ、ないのか……」

シュンとするイーニアスが可哀想になったのか、店員は「パーティーに出す予定なのでしょうか？　ご予定は本日ですか？」と聞いてくれた。

「あした、おたんじょうびの、プレゼントで、ひつようなのです……」

「それは……、当店のマドレーヌを選んでいただきありがとうございます。そういうことでしたら、よろしければ明日、焼き立てのマドレーヌを百個、お届けいたしますよ」

あら、それは嬉しい申し出だわ。朝、隠れ家まで持ってきてもらったら、焼き立てを持っていけるし。

イーニアスがアタシの顔を見るので頷く。イーニアスは店員に、「よろしく、おねがいします」と可愛く返事をした。

「それと……」

あら？　イーニアスったら、まだなにかあるみたい。

「やきたてのマドレーヌを、ふたつ、いまもらえますか」

え？　二つってもしかして、アタシとイーニアスの……？

「かしこまりました。あちらの噴水のそばにベンチがありますから、そこで召し上がるとよろしいですよ」

店員は親切にそう教えてくれて、マドレーヌを二つ、用意してくれたのだ。

「ありがとうございます」

「お母様とのデートを楽しんでくださいね」

手を振ってくれた店員に手を振り返したイーニアスは、アタシのハンカチに包んだマドレーヌをニコニコと見つめる。

自分のお小遣いで買ったそれを、大切そうに持っている息子に笑みが漏れた。

「ははうえ、マドレーヌ、おいしいです」

「ええ。そうね」

イーニアスが買ってくれたマドレーヌを、噴水のそばのベンチに座って味わう。

「イーニアス、自分のお小遣いをアタシのおやつに使っても良かったの？」

「はい！　ははうえの、よろこぶおかおがみられて、うれしいです」

ああ、イーニアスは、こんなに優しい子に育ってくれたのね……

少しずつ、少しずつ、マドレーヌを味わう。

「世界で一番、美味しいマドレーヌだわ」

「はい！」

二人でマドレーヌと街の景色を堪能し、皇宮に戻ったあと、ふと思い出して、息子に向き合った。

「ねぇ、イーニアス」

「なんでしょうか？　ははうえ」

「あなたなんで、マドレーヌを百個も注文したの？」

イザベル様への誕生日プレゼントなら、一人分、多くても十個ほどで十分なはずでしょう。

「——？　たくさん、しょうたいきゃくがいるとおもうので、みながたべられるように、とおもいました」

イーニアス、マドレーヌはお土産ではなくて、誕生日プレゼントなのよ⁉

皆で食べる気でいる息子に、呆れたような、誇らしいような、複雑な感情が渦巻いたが、イザベル様なら、息子の言うように皆に分けるのではないかと思い、なにも言わないでおくことにしたのだ。

明日、百個のマドレーヌを見たイザベル様は、どんな顔をするだろうか。

「明日が楽しみね！」

「はい！」

この作品に対する皆様のご意見・ご感想をお待ちしております。

おハガキ・お手紙は以下の宛先にお送りください。

【宛先】

〒150-6019 東京都渋谷区恵比寿 4-20-3 恵比寿ｶﾞｰﾃﾞﾝﾌﾟﾚｲｽﾀﾜｰ 19F
（株）アルファポリス　書籍感想係

メールフォームでのご意見・ご感想は右のＱＲコードから、
あるいは以下のワードで検索をかけてください。

アルファポリス　書籍の感想　検索

ご感想はこちらから

本書は、Webサイト「アルファポリス」(https://www.alphapolis.co.jp/)に掲載されていたものを、改稿・加筆のうえ書籍化したものです。

継母《ままはは》の心得《こころえ》2
トール

2023年　8月　5日初版発行
2024年 12月　5日３刷発行

編集－塙綾子
編集長－倉持真理
発行者－梶本雄介
発行所－株式会社アルファポリス
〒150-6019 東京都渋谷区恵比寿4-20-3 恵比寿ｶﾞｰﾃﾞﾝﾌﾟﾚｲｽﾀﾜｰ19F
TEL 03-6277-1601（営業） 03-6277-1602（編集）
URL https://www.alphapolis.co.jp/
発売元－株式会社星雲社（共同出版社・流通責任出版社）
〒112-0005 東京都文京区水道1-3-30
TEL 03-3868-3275
装丁・本文イラスト－ノズ
装丁デザイン－AFTERGLOW
（レーベルフォーマットデザイン－ansyyqdesign）
印刷－中央精版印刷株式会社

価格はカバーに表示されてあります。

落丁乱丁の場合はアルファポリスまでご連絡ください。

送料は小社負担でお取り替えします。

ISBN 978-4-434- 32336-2 C0093